源　高志

傷痍《しょうい》

仕組まれた日本兵

文芸社

傷痍《しょうい》——仕組まれた日本兵

源 高志

プロローグ

マニラの南東一五〇キロのシプヤン海上にマリンドーケ島はあった。島の中心部ボアクから、沿岸沿いに五キロほど南に向かった漁村では、最近ちょっとした盗難騒ぎが起きていた。二ヶ月ほど前ルキノという村人の、食用にしているニワトリが盗まれたのが始まりだった。しかしニワトリを盗まれたくらいならこれほど騒ぎはしない。ルキノが騒いだのは、その盗人の風体が異様だったからである。日が落ちて、夜目の効く村人たちの視力でも物が見づらくなる時間、午後の七時半頃だろうか、そのニワトリを盗みに来たのはフィリピン人ではないとルキノは言い張る。後ろにひさしのついた変な帽子をかぶった二人組だと…。

村長は笑いながら、そんな格好は昔の日本兵しかいないと言い、しかも第二次世界大戦は二十九年も前に終わっていて、日本兵は全員殺されたか、アメリカ軍に投降している。

その上、このマリンドーケ島には、日本兵が上陸してきた事実は無いと否定した。

結局、事件はルキノの勘違いで処理されてしまったのだが…。

二日後、ルキノの隣の家で盗難騒ぎが起きた。今度はニワトリではなく、トウモロコシが盗まれた。現金や貴金属を狙うのではなく、盗まれるのは食料品ばかりだ。マリンドーケ島で食料の盗難など聞いたこともない。その気になれば食料はタダでも手に入る。モリを持って海にでも潜れば魚も獲れる。村人たちは気味悪がった。気味悪かったが重大な事件でもないので、結局子供のイタズラぐらいに片づけてしまった。

前回の盗難騒ぎから一週間が経っていた。ルキノは物置きの方から聞こえる物音に目を覚ました。カヌーはキチンと固定してあるはず、モリの類いも束ねてある、それに今夜は風もない。先日のニワトリの件もあり、ルキノは見回りの決心をした。サンダルを履いて物置き小屋に向かう。月が明るい、月夜の晩にドロボウも変だ、野良犬かもしれない。

戸を開けるのと同時に裏から人影が走り去る、二人組だ。ルキノは近くのモリを持って追った。二人組は山の方へ逃げて行く、土地の者ではない。五分も経たないうちにルキノは追うのをあきらめた。一人では危険だ、明日の昼間にでも村の連中と山狩りをすれば、それで解決すると思った。

その後、まさか銃撃戦になるとは、この時、マリンドーケの島民だけでなく、中央のマニラでも想像することさえできなかった。

昭和四十八年三月末

うれしいことに、と権藤は思っている。今年は春が早い。山の手線に乗って東京を環状に走ると、すでに所々で桜の花が咲き出している。

足の傷跡に冬の寒さはこたえる。それに五十一歳の権藤にとって、名ばかりの警部補の仕事は体にはキツかった。体のことを心配して、事務職にと妻も薦めるが、歩き回る刑事職を捨てるつもりはない。足の古傷は、歩くのを止めるのと同時に、その機能が失われるかもしれない恐怖感が、権藤に現役の刑事職を続けさせていた。

普段よりは体調良く起きることができた権藤は、練馬の官舎で朝食を摂っていた。トーストにミルクティー、ハムエッグのメニューは、戦後二十九年間通して来たライフスタイルだ。

日本に復員してから、なぜかご飯の朝食を過去の亡霊とともに捨て去った。かと言って、新しい戦後の思想に変わったわけではない。以前よりもまして、国粋っぽい自分が情けない。自治、自由を求める学生らの運動にも顔をしかめる。

　今朝のニュースも七十年安保がらみだ。

「他の国に守って貰うのが嫌だったら、自分で守るのかね、こいつらは…」

「何をブツブツ言ってるんですか。あなたは家庭を守って下さればそれでいいのよ」

「そりゃ、そうだな」

　権藤は妻の亜希子に何も言えなくなった。おとなしくトーストにマーマレードを塗っていると電話が鳴った。部下の脇田からだ。大久保通りにある、ガム工場に接している山の手線沿いの細い路地で男の死体が発見された、そう脇田が元気の良い声で報告している。

「その工場は大久保通りの北か南か?」

「残念ながら北です」

「それは残念だな。じゃ、行くとするか」

　権藤は急いで外出の支度をし、現場へと急いだ。西武新宿線で新宿まで出て、山の手線で大久保に出るルートなら小一時間とかからない。権藤は現場へのルートを決めて、武蔵関の駅へと向かった。大久保通りの南側なら、この事件は新宿署の所轄だ。権藤のいる早稲田署と新宿署では、この種の事件の発生件数は一対十程の差がある。

事件に対する億劫さからも、どっちにしても新宿署管内で起きて欲しかった。反面、ライバル意識からと、どこかに潜む劣等意識から、素早く解決して新宿署の鼻をあかしてやりたいとも思っていた。早稲田署にとっては半年ぶりの殺人事件だった。

現場には既に鑑識も来ていた。出勤前の時間帯でもあったので野次馬は少ない。権藤の姿を見つけ、脇田は張り巡らしたロープを潜って近づいて来た。

「早くからすいません」

「脇田があやまることじゃないだろう。こんなに早くから我々を仕事に就かせた犯人に謝らせよう。被害者《ガイシャ》は?」

「年齢二十七歳、斎藤良雄。職業はルポライターのようです」

「ずいぶん早く身元が割れたね」

「物取りの犯行じゃなさそうなんです。所持品は何も盗られてないようです。二万七千円の現金も残っています」

「外傷は?」

「それなんですが…」

脇田は、権藤を被害者の倒れている所へと案内した。鑑識の山本主任がすでにその斎藤良雄の傷を調べていたが、権藤に気づくと、

「久しぶりに見るコロシだよ」

「久しぶりと言いますと?」

年上の山本に対して、権藤は丁寧に尋ねた。

「まだヤクザ者が切った張ったをやっていた頃には、こういうガイ者も見たもんだが、今時、こんなのは珍しい」

権藤は山本の言う意味を正確に知りたくて斎藤良雄の側に屈みこんだ。山本主任も覗き込むように傷口を指さすと、

「え?」

「ひと刺し…だよ。これでは犯人《ホシ》は返り血も浴びていないだろう」

「そう、心臓をひと刺し、相手に身構える時間も与えない。まるで江戸時代の岡っ引きになった気分だよ」

「殺しのプロですか?」

「かもしれないが、プロでも相当腕が立つね。剣道をたしなんだ人間でもこうはいかない

よ、第一木刀や竹刀と真剣は扱いが違うから…うん」

山本は確信したように一人呟いている。

「凶器は日本刀ですか」

「脇差しよりは長めだと思うが…」

とガイ者の背中の傷をもう一度見て、

「槍かもしれないいな」

山本の話を聞いていた脇田が若者らしい質問を投げかける。

「今時そんなものないでしょう、それに槍なんか持ち歩いてたら目立ってしょうがない」

「まっ、日本刀だと思うが…」

山本も釈然としないようだった。

権藤は妙な気分になっていた。ガイ者が殺された凶器が刀か槍かもしれないという前時代的な事件に遭遇した上に、この所の旧日本兵の発見騒ぎ、安全保障を巡っての国内の騒がしさ…。

権藤はもう一度ガイ者を調べ、

「他に詳しいことが分かったら、お願いします」

山本に言い残して現場を去ろうとして、さっきから気になっている事を脇田に問い質した。

「この甘ったるい匂いは何だ」

「権藤さんも気づきました？　ガムの香料らしいですね、ホラ、フルーツガムの…」

「そう言えば」

「トロピカルな香りって奴で…テレビでも宣伝してる、あのガムの香りですよ」

「トロピカルね…」

権藤と脇田は、捜査本部設置の為、早稲田署へ戻った。


捜査本部は十人体制で設けられた。先ずガイ者、斎藤良雄の近辺から捜査を開始するに当たって、斎藤の人物像の確定作業を行なう。
一、痴情のもつれから、ガイ者の異性交遊関係者の洗い出し。
二、遺恨説から、ガイ者の仕事先の関係者の洗い出し。
三、流しによる犯行の可能性から、現場付近の聞き込み。
四、刀傷事件から、暴力団、右翼関係者との接点。

権藤は刃傷沙汰《にんじょうざた》と黒板に書かれた文字を見て、前時代的な感傷に陥りがちな自分が可笑しくなった。

気づかずに微笑みでも作っていたのか、そんな権藤を見て課長の吉村が少し非難するかのような口調で言った。

「何かおかしいかね、権藤君」

若い吉村はエリートでキャリアだけあって、年上や実績を評価しないし、敬うなんて言葉は思考の中に存在しないような態度だ。

「いえ、ただ刃傷沙汰と言うのは、少し時代がかり過ぎのようで…」

「事実だろ」

「はい、事実ですが」

「事実は事実として受け止めればいい。君の個人的な見解はこの際必要ないのでは」

「これはどうも失礼しました」

吉村はそれでいいと頷く。権藤は思っている。国家試験に受かって来ただけで、将来が約束されているのはまだいいとして、人生を二十何年間しか生きたことのない若造が、年上の人間の人格まで否定していいと誰が教えたのか…と。

こんな人間は昔はいなかった。戦前をすべて否定して、勝ち取ったわけでもない民主主義に後押しされてできてしまった。こんな青年が、本当に警察という仕事が全うできるのかと…。戦後二十九年間の社会と教育は、偽の自由の為に魂を売ってしまったのではないかと…。

しかし、であるならなぜ、二十九年ぶりに発見された日本兵をこんなにも英雄視して、騒ぐのか、彼の帰国第一声を、この若造たちはどんな気持ちで聞いたのか…と。

権藤は、脇田たち現場の刑事職の人間に対しては若造と思ったことがない。後輩の意識が強く働く。だが、このキャリアの若者たちには、なぜか若造という気持ちが働く。こういう奴が、大袈裟に言えば、警察や日本を無責任に導いて、そして最後は放り出すと…。

脇田の助け船で、権藤は、東中野の斎藤が住んでいたアパートに向かった。

東中野のアパートは中央線の線路沿いに建っていた。下に大家が住んでいて、二階がアパートになっている。

大家は初老の未亡人だった。品良く年取った風に、キレイに髪の毛を染めて外国製のメガネをかけていたが、目の奥に底意地の悪さを感じたのは権藤だけだったかもしれない。

大家は斎藤の荷物をどうしたらいいのかとか、もっと身元のしっかりした人に入居して貰えば良かった等とブツブツ文句ばかり言いながら二階の奥の部屋を開けた。

窓の向こうに電車の通るのが見える。部屋の中は殺風景だ。質素というより、貧しくも感じる。テレビと本棚、小さなちゃぶ台だけの部屋だが、決して清貧ではない。どこかやるせなさを感じる貧しさだ。それは壁に貼ってある外人ヌードのポスターからくるのかもしれないし、ちゃぶ台の上に転がっている空のカップ麺の容器から感じるのかもしれない。向上心のかけらも感じられない六畳間と思うのは権藤の偏見だろうか。

「刹那的な生き方をしていたようですね」

脇田も同じことを感じていたようだ。

すでに指紋も取ってあるだろう部屋の中を、二人はもう一度丹念に調べ直す。犯行に繋がる物は何もない、当然、ガイ者本人の金目当てでないことは部屋の様子からも一目瞭然だ。

「何もないですね。ライターという職業のわりには、机もないんですね」

二人が半ばあきらめかけていた時、ふと権藤が本棚の地図帳を取り出した。

「いやに立派な地図帳だな、これはA社製で三千円もするんだぞ」

バラバラめくってみるが何も見当たらない。脇田はその横にある本に注目していた。

「ネッシーと雪男関係の本ばかりですよ、変な物に興味を持っていた男ですね。木曜日にやっているスペシャル番組の影響ですかね」

「ロマンチックなんて程遠い部屋だがね」

権藤は返事をしながら、細かく地図帳を見直していたが、ふと東南アジアのページで手が止まった。

「何かあるんですか」

と脇田も覗き込む。

「いや、何も書いてないし、印もないんだけどね…、このページが開き易くなっているんだ」

途中までつき合っていた大家は用事がどうのこうのと言いながら下へ降りて行った。

「三十四ページですか、ルソン、スマトラ、ジャワとなっていますね」

「気のせいかも知れないけど、このフィリピンの拡大図の所、何回かなぞっているような気がするんだけど」

「そんな気もしますが、他と同じような気もしますね」

「一応鑑識にまわすか」

権藤と脇田は、結局何の手がかりも得られず署に戻ることにした。

帰りの電車の中で中吊り広告を見ていた脇田が、

「あっ！　ホラ、最近帰還した日本兵のことが気になっていたんじゃないでしょうか」

「高い地図帳を買うほどかい？…それにしても二十九年もよく隠れていられたもんだ」

「権藤さんも復員されたんですよね。何か変なんですか？」

「いや、俺は中支に行っていたから、中支といっても分からないだろうな、早い話が中国の真ん中辺りだよ。だから南方とは事情がかなり違う、ただ二十九年間も食糧はどうしていたのかと思ってね…。誰にも見つからないように畑でも作って耕してたんだろうか？大変だったと思うよ。つらかっただろうな」

権藤は戦時中、自分に起きた出来事を思い出すのが嫌で、

「今夜は、花見酒と行くか」

とごまかしていた。

斎藤の所持品から、青葉出版の編集者の名刺が見つかり、権藤と脇田は四ツ谷にあるそ

の青葉出版社を訪ねた。青葉出版は冒険、ドキュメント物の出版が主だった。

野木は出版内容から想像される編集者とはイメージが違って、短髪で太っていて、顔色も黒く、まるでタンクのようだった。

「警察の方が何か…」

早稲田署と聞いて少し緊張しているようだ。

「いえ、たいしたことじゃないんです。斎藤良雄というライターをご存じでしたか」

脇田は過去形を使った。

「やっぱり」

「やっぱりと申しますと？」

「新聞に出てた、死んだ斎藤のことでしょう。そんな気がしたんです」

「そんな気とは、殺されるような？」

「いえいえ、アイツが殺されようと何しようといいんです。いえね、こういう仕事をしてますと、何と言うかな、危ない奴というか、近寄らない方がいい奴って匂うんです」

二人は失笑した。野木の言うことは警察の発言だ。

「違います、違います。あなたたちの思っている犯罪の匂いじゃないんです。下がりマンみたいな奴ですよ」

「下がりマンって…あの？」

「そうです。その男と関わると必ず悪いことに巻き込まれる。その男と逢うと必ず災難を呼ぶ。そんな奴がいるんですよ、男にも」

二人は、ホォーと言う顔をした。

「斎藤に逢った時、一度目は財布を落として、二度目は、電車を乗り過ごして高尾まで行ってしまって、そして三度目は、あなたたちが来ました。でも言っときますよ、僕は彼の死とはまったく関係ありませんよ」

「ええ、一応形式でして、彼に接点のある方に色々お聞きしてですね」

「アリバイもでしょ」

権藤と脇田は苦笑していた。

「ええ、そちらの方も形式としてお願いします」

野木は胸を張るように、

「三月の末ですよね。二十九日から三十一日まで、ここで徹夜でした。編集仲間二人と一緒でした。新しいロマン物でね、タイタニックの沈没場所が確定されたらしいんです。それをテーマにしたノンフィクション物の出版準備でした」

脇田は、本の内容に個人的な興味を持ったようだが、権藤はそれを制して、

「分かりました。色々ありがとうございます。これからも協力をお願いします」

「僕で分かることでしたらいつでもどうぞ」

野木は愛想良く答える。二人は席を立ち上がった。権藤が思い出したように、

「あっ、最後にもう一つだけ、斎藤良雄が良く出入りしていた飲屋とかバーなんてご存じないでしょうか」

野木は、新宿歌舞伎町の、ほとんど大久保と呼んでもいいぐらいの場所にあるスナックの名前を告げた。初めて斎藤に逢ったのもその店だったとつけ加えた。


四月もそろそろ終わりかけていた。温かな陽気に誘われて、酔客も明るい。この時ばかりは、景気や家庭の問題などから解放されるらしい。

最近増えだしたラブホテルの派手な看板も、なぜか春には微笑ましく感じられる。どちらかと言うと農耕民族の血が流れているらしく、日本人は季節を楽しむ。

感受性とは無縁のエリート課長に、能なし呼ばわりまでされて署を出た権藤と脇田は、

今、大久保のスナック『カシニョール』に向かっていた。フランスの画家の名前らしいが、一つか二つ知ったフランス風の名をつけたような、そこが銀座ではなく歌舞伎町の外れのスナックということで、かえって安っぽい店を連想させた。

案の定、店は雑居ビルの三階にあって、遅々として動かないエレベーターもあるのだが、客たちはどうやら外にある非常階段を登って行くものとみえる。権藤と脇田も他の客を真似ることにした。途中踊り場で皮ジャンにTシャツ姿の若者たちとすれ違った。

店のドアを開けると、時間が早すぎたのだろう、客はいなかった。入って右側がカウンターで左にボックスシート、壁にカシニョールの複製の絵が掛けられていて、それが店の名前を示す唯一の物だった。濃いワイン色の内装色はお世辞にも上品とは言えない。

「いらっしゃいませ」

カウンターの中で振り返った女は、ママだろうか、一瞬、権藤たちを見て、金のなさそうな客だと値踏みした後、作った笑顔をつけ加えた。

「ごめん、客じゃないんだ」

そうだろうと思った！　という風に頷いたのがママだった。美人ではない。こういう女が店を持てるのは、きっと愛嬌があるからだろう。

「何でしょう」

店のアルバイトの女の子たちも少し心配そうに様子を見ている。

「斎藤良雄って男の事なんだけどね」

黙って権藤と脇田の前にビールを注いで出すのを仕事中だからと断っておいて、

「この店に良く来ていたと聞いてね」

「ああ、斎ちゃん。死んだんでしょ？　斎ちゃん」

「ええ」

「時々来てましたよ」

「どんな客でした？」

「どんなって言われても、あれでしょ、誰かと揉めていなかったか、あやしい奴と一緒じゃなかったか、金銭のトラブル抱えてなかったかなんて聞きたいんでしょ」

目はキレイなのに低い鼻がイマイチの顔を作っている洋子というママは、その低い鼻をピクピクさせて聞いてくる。

「斎ちゃんはね、嫌われていたのよ」

「嫌われてた？」

脇田が気色ばんだ。ママは手をヒラヒラ振って、

「そんなんじゃないのよ、嫌な奴って感じ、ほとんど一人で来て、他の客を下からジロっと睨んで見てね、誰とも話をしない、誰も何も言ってないのに、馬鹿にしてるのかって絡んでみたり、その癖、女の子に見栄張ってみたり、ちょっとホラ吹きみたいな所もあってね、誰も聞いてないのに外国へ行ったことを自慢したり…ね」

「外国？」

権藤が聞き咎めた。

「それがフィリピンとか、今じゃ誰でも行けるような所なのに…今度はヒマラヤに行くぞ～とか。常連の客なんかはまた始まったかって、小バカにしてたわよね」

ママはアルバイトの女の子たちに同意を求めた。二人の女の子は同時に頷いた。どうやら相当嫌われていたらしい。

「君たち何か知らないか」

脇田がカウンターの奥で暇そうにしている二人の女の子に聞いた。

「いいえ」

二人が同時に答える。その内の小柄な体つきの子が、

「でも、あの話と関係あるのかな…」

と隣の女の子に問いかけた。

「何？　私、何も知らないわよ」

「ホラ、一ヶ月位前、機嫌が、やけにいい日があったじゃない、何でも近々大金が入るからって…」

「大金？　その話もう少し詳しく聞かせてくれないかな」

権藤と脇田の目が光ったに違いない、女の子は少し怯えるように首をすくめた。

「それだけなんです。後、半年もすりゃ大金が入って来て、私たちにセブでもどこでも連れてってやるって、そしたら俺も銀座紳士だぞって…」

「六ヶ月もしたらって言ったのかね」

「ええ、でも私が何か悪いことでもしたんですかって聞いたら、笑いながら…金と同時に名前も出るって、有名になるんだって」

「歌手かタレントにでもなるような話なのかい？　それ」

脇田の質問にママと女の子三人が吹き出した。権藤と脇田もつられたが、

「何か見つけるか、発見するような感じだったと思うけど」

「何かを？　何だって言ってました？」

「それが笑って答えないんです。また、嘘かナァーってその時は思ったんですけど、でも一人でニヤニヤしてるんです」

カシニョールではそこまでしか聞けなかった。ただ権藤が気になっていたのは、斎藤の回りから時々外国の話が出て来るのだが、彼の所持品、遺留品にパスポートの類いはなかった。ルポライターであるなら取材したメモも必要だ。ノートらしき物も日記帳も何も見つかっていない。

大金と外国、消えたパスポート、この辺りに犯行の動機が隠されているのかもしれない。権藤はその線を追うつもりでいた。


外務省からの返事はまだなかった、大金が入るという話もホラ話の一つだったかもしれない。権藤は、聞き込みを続ける中で、この斎藤という男は、屈折して妄想と功名心に支配されていたが、嘘をつくような男ではないと思い始めていた。最近の、いい高校に入っていい大学へ行き、一流会社へ就職がスローガンのようになっている世の風潮から外れた斎藤は巻き返しを計りたかったに違いないと思った。経験から、こういう心理の男は頭脳的な犯罪を考えつくものだ。殺しや強盗ではなく…何か他の…別の……何か…?

権藤がもう一度、事件の背景、動機、関係者の証言を整理している時、鑑識の山本主任から連絡が入った。電話口に出ると、

「行き詰まっているかね。鮮やかな使い手だもんな…」

笑っているが、そんな時の山本は、新しい情報を摑んでいる。

「何かありましたか、解剖してみて」

「おもしろい物が見つかってね。来るかね」

権藤は脇田を伴って別棟の二階の鑑識へ急いだ。山本はニコニコしながらインスタントコーヒーを飲んでいる。

「飲むかね」

「え? いえ…早速ですが、おもしろい物って⁉」

「そんなに慌てなさんな、時代はもっと遡る…だよ」

「え⁉」

「まるで過去の亡霊みたいですね」

小さなビニールの袋を前に出す。

「何ですか？　これ」

小さな金属のかけらが入っている。山本は嬉しそうに、

「蹈鞴《たたら》って知ってるかね」

「タタラって何ですかそれ」

脇田が聞く。権藤はどこかで聞いたことのあるような気がした。それもずっと昔のようだ。

「刀を作る製鉄方法だよ」

「あっ昔の日本刀の…じゃこれは？」

「そう、蹈鞴と言う窯で製鉄された、玉鋼《たまかね》のかけらだ」

「玉鋼のかけら？」

「元は砂鉄だ。砂鉄を集めて溶かす。蹈鞴は普通の溶鉱炉よりも熱い。もちろん、鍛冶屋のようにフイゴも使うがね。その砂鉄の成分と、鉄鉱石の成分は微妙に違っていてね、すでに酸化しているものもあって、それも同時に溶かす。するとでき上がった鉄は、弾力が増すんだ。ただし砲弾や船には向かない。刀が一番」

「じゃ、これは古い物なんですか」

と脇田がつまみ上げる。

「いや、せいぜい三、四十年かな…。詳しく知りたければ日立に行ったほうがいいね」

「日立市ですか？」

「戦争中、日立市の茨城金属製作所には、この蹈鞴があった」

「あっ、じゃあ…⁉」

「そう軍刀だよ」

「軍刀⁉」

脇田が悲鳴に近い声を上げる。

「茨城製作所にね、金属の研究所がある。そこの小出所長に連絡してある。サンプルも送ってあるから君たちの行く頃には多分おもしろい結果が出ていると思うよ」

「それじゃ、斎藤は軍人に殺されたんですか‼」

脇田がトンチンカンなことを口走っていた。

権藤と脇田は、日立に向かうことにした。課長の意見を珍しく権藤が説得し、しかも底の浅い苦情を大人の言い方で叱りつけた。

常磐線は比較的空いていた。権藤と脇田は向かい合わせに座っている。権藤が車窓に見入っている。

「ホウー、麦畑があるね」

「権藤さんはこっちの方は初めてですか」

「元々大阪の生まれだからな、東へ向かうことにどうしても抵抗があるんだ。都心から西へ向かうことには、ためらいがないんだ。八王子でも遠いと思わない。だけど千葉に向かうとてつもなく遠く感じてしまう。脇田君は山形だったね」

「ええ、だからかな埼玉の方に住んでしまうんですよ。僕の感覚だったら神奈川の方が遠いです」

「人間って奴は、ずっと郷愁を引きずるのかな」

「戦争で中国に行っておられた時は、日本が恋しかったですか」

「恋しかったね。中支と言う所は日本と似ているはずなんだけど、どこか違う。そのちょっとした差で余計に河内平野が恋しくなるんだよ」

「どうして東京に出て来られたんですか。大阪なら仕事もたくさんあったでしょうに」

「もう二十八年以上経つのか…。俺がね、大阪の河内松原に帰ってきた時、もう墓があってね」

「墓ですか」

「戦死したと家族は思ったらしいよ。戦死報告書も届いていた。自分で自分の戦死報告書を見るのも妙な具合でね」

権藤はその時の様子を思い出すかのように笑った。

「南河内から北八下の辺りでね、百六十二人は召集されたのかな。その部隊はほとんど全滅したんだ」

「全滅って」

「そう戦友の死体の下で俺は気を失っていたんだ。重機と言われる、いわゆる機関銃の中隊にいて…こんな話つまらんだろう」

「いいえ、聞きたいです」

「そうか…聞きたいか…」

権藤は初めて人に話すのだろうか。脇田は話し出すのに決心を必要としている権藤を感じていた。

「戦況は日一日と厳しくなっていた。ジワジワ、ジワジワと東支那海へ追いつめられて行くようで、その高地は南京を死守する為に、重要な拠点だった。俺たちに対する命令はその高地を死守しろ、それだけだったね。補充兵は来ない、もちろん食糧なんて届かない。すぐに応援を送る約束なんて守られるはずがない。そんなことより偉い奴らは自分たちの逃走路を確保するのにやっきだったんだろうな。

三日間は持ちこたえた。でもな、その間に一人、また一人と仲間が死んで行く、不思議でな、人の死が悲しくなってしまう。昨日まで煙草を分け合ってたり、ふざけ合っていた奴が、隣で目を剥いて死んでいる。その仲間を片づける時にも、感傷が湧いてこないんだ。友の死で涙を流す奴がいない。こんな世界、今の世の中じゃ考えられないだろう。

三日目の夜から中国軍の総攻撃が始まった。

この二、三日でケリつけてくれなきゃ中隊は持たない。考えられるかい脇田君。自分の命より弾薬の心配をしている状況を…」

権藤は興奮もしないで淡々と語る。その口調が静かなだけに、真の戦闘場面が想像された。

「普通、総攻撃は夜明けに行うのが定石、だが中国人は関係なかったね、昼間からドンパチ撃ってくる。もちろんこちら側も死力を尽くして反撃する。激しい銃撃戦になるともう一つ不思議なことが起こるんだ」

「何ですか、その不思議なことって」

「気のせいか、勘違いか、記憶が曖昧なのか…必ず天気が悪くなるんだ。必ずと言っていいほど雨になる」

「雨ですか」

「銃や、迫撃砲のせいなんだろうか、曇ってくるんだ。で、雨でぬかってくるんだが、その雨がどちらに有利かってことになる」

「雨ですか。火山の噴火なんかと似ている現象なんですかね」

「分からない、とにかく戦闘中はよく雨が降ったよ。その雨、昼間は我々に味方するが、夜は敵だね。昼間やっこさんたちを蹴散らして、一斉にいなくなる。夜は恐い。夜の雨の音が、敵の近づく音を消してしまうんだ。こちらも疲れてヘトヘトの状態でね。もう重機なんて撃ちたくもないと思っていると味方の斥候が敵に気づく。気がついた時には、中国人が五十メートルの所にワァ〜といる。何人じゃなくて、ワァ〜といるんだ。撃って撃って撃ちまくっても、そのワァ〜がジワジワ近づいてくる。二十メートルになったら相手の顔が見える。ハッキリどんな奴か見えるんだ。けっこういい男だな…と撃ち合ってて思うんだから、人間ってわからない生き物だよ。

二十メートルになったら、敵は手榴弾をバンバン投げてくる。先ず機関銃を始末してしまえってことでね」

脇田は鳥肌が立つのを感じた。

「こっちの塹壕の中を目掛けて手榴弾が投げ込まれる。外れた手榴弾が近くで爆発してパニックになる。隊の連中は次々殺《や》られて行く」

権藤はそこで話すのを止めた。脇田は権藤の顔を見つめる。近くに座っていた乗客も権藤の話に聞き入っている様子なのが気になったようだ。ようやく権藤は話し出した。

「目の前に手榴弾が放り込まれていた。いたというのは発見が遅れたんだ。もう投げ返せない。その時俺は何をしたと思う」

「何をしたんですか」

「横でこと切れていた友人をその手榴弾の上に被せた…。友人をだ。その戦友とともに俺も吹き飛ばされて気を失った。足から下の肉が飛び、肩や顔に破片が突き刺さった。急所は戦友の死体のお陰で外れた…。気づいたら日本軍の野戦病院にいたよ」

話し終えると権藤は車窓に目を向けていた。ひばりがホバリングの状態で見える。

「ひばりが鳴いてるね…アイツはもうひばりの鳴き声を二度と聞けない…。俺は二十八年も聞いている。脇田君、その戦友の最期をそいつの両親に俺から話せるか。そいつを手榴弾の上に被せて粉々にしてしまったって話せないだろ。そこまでして俺たちは何を守ったんだろうな。俺はね、郷里にいられなくなってしまった。百六十二人で二人だけ生きて帰って来て、その死んだ百六十人の郷里で俺だけ一人楽しそうに盆踊りなんてとても踊れない。女の子とのデートも申し訳なくてできない。だから郷里を捨てたんだよ」

「……」

脇田は返事のしようがなかった。

日立に列車が近づいた所で権藤は何を思ったか、

「手榴弾の破片が、ここに残ってたんだ」

と右肩を指す。

「え!?」

脇田には権藤の言おうとしていることがとっさに理解できない。

「去年ね、肩が痛くて動かなくなった。四十肩や五十肩かなと思っていたら激痛が走るんで、病院に行ってレントゲン撮ったら手榴弾の破片が残ってた。俺の左足の銃創は七級の傷痍軍人と認定されてるから、これを厚生省に持って行けばもう一級上がる。医者はそうしろって薦めてくれて、レントゲンと破片に診断書を持って行ったよ厚生省に」

「級は上がったんですか」

権藤は首を横に振った。

「え!? どうしてですか。診断書もあったんでしょ」

「証人が二人要るんだって、一緒に入院していた兵士か軍医の…。去年のことだよ。誰も生きてやしないよ。一緒に入院した兵士なんて次の日死んだし、軍医も当時で五十歳位だった。二人の証人、または証言が要るには参ったよ」

権藤は笑うが脇田は本気で怒っていた。

「ひでえな…」

「そう、そういうことを平気で言う若い役人の為に俺たちは戦ってきた。そして百六十人が死んだ。脇田君、国っていったい何なんだろうね」

脇田は行き場のない怒りを弁当の空箱に向け、弁当箱は見事にひしゃげた。

権藤の体験を聞いているうちに列車は日立に着いた。日立市は良く晴れていた。のどかな春の日差しが二人を待っていた。田畑と山の新緑と空の青さが美しいコントラストを作っていた。

金属研究所は、茨城製作所の中にあった。そこには古い青銅器も陳列されていた。日本の各地で発見された製鉄窯の遺跡の写真も飾られている。博物館のようにもなっているが、奥の部屋はやはり研究所の雰囲気が漂う。研究所に入る右手前に蹈鞴の模型も置かれている。

溶鉱炉の変遷の写真もあった。ステンレスやシームレス鋼管の鉄の見本もいくつか並べられていたが、権藤と脇田は研究所室内へ急いだ。小出所長がにこやかに迎えてくれた。わりと小柄だが健康そうに日に焼けている。頭頂部分が薄く白衣の姿は、一見、内科医のようにも見える。

「わざわざ東京からようこそいらっしゃいました」

簡易式の応接セットでお茶を薦められながら権藤と脇田が用件を切り出そうとすると、

「これが、うちの蹈鞴で作られた軍刀です」

小出所長はひと振りの軍刀を見せてくれる。

「日本刀と変わりないですね」

「いえ、反りが違うんです。それに粗製乱造と言うのか、良く焼き直ししていないので、切れ味は今一つです」

「焼き加減で違うものですか」

「本来、日本刀というものは、何度も焼きを入れ、鉄を叩いて薄くします」

権藤と脇田は、映像で見たことがあった。

「名のある日本刀とは別ものです」

小出はもうひと振りの刀を抜いて見せた。

「これが、本当の意味の日本の刀です」

波が打っている見事な刀先だ。

「へー較べてみると違うもんですね」

「鉄という物は、料理のようなものです。手加減でどんどん変わる。針のようにもなり、フライパンにもなるおもしろい金属です」

「で、山本主任が送ったサンプルは？」

「ハッキリ言って…ここで作った物じゃないですね」

「でも軍刀であるのは間違いないんですか」

脇田が聞く。

「この製作所から、昭和十七、十八年にかけて、軍に約八千本の軍刀を納品しています。その八千本の軍刀を作った砂鉄は、この近くの川でとれたものです。しかし、このサンプルには、違う成分が含まれているんです」

「違う成分？」

今度は権藤が聞く。

「硫黄です。確かなことはもっと時間をかけて、分析してみないと分りませんが、硫黄の化学反応が表れているんです」

「では？」

「ええ、他の製作所で作られたものでしょう。四国の住友さん、小倉か…どちらかと言えば四国だと思いますね」

「住友でも軍刀なんて作っていたんですか」

権藤が感心する。

「当時、日本の製鉄所はほとんど作ったんじゃないかな…。本土決戦も視野に入れてたからね大本営は」

「当然、陸軍ですよね」

権藤は自分が陸軍にいたので、そう聞いてみた。

「いいえ、海軍も将校以上は全員軍刀を持っていましたよ」

「全員ですか」

「士官学校卒業生は全員です」

権藤と脇田は砂漠の中に投げ出されたような気持ちになってしまった。

何万分の一の行方なんて調べようがない。いったい誰が、どうやって軍刀を手に入れ、何の為に斎藤を殺したのか、権藤の頭の中も振り出しに戻っていた。

小出所長は、もっと詳しく調べて、いい情報を差し上げられるように頑張ると励ましてくれた。

権藤と脇田は、軍刀の入手経路からの捜査は断念した方がいいと決心していた。すでに戦後二十九年も経っている。とっくに回収されているであろうし、また、仮に保持していても届け出ることはありえないと思われていた。いつまでも軍刀にこだわっている権藤と脇田に課長のイヤミな言葉が針のように突き刺した。

権藤と脇田は関東テレビに向かっていた。住所は六本木だが西麻布に近い。地下鉄六本木駅から渋谷の方に六本木通りを三百メートルほど歩く。都市銀行の角を左折すると関東テレビ通りと名づけられた道路だ。さらにその道を百メートルほど歩くと、中がロータリーになっているのか、入口と出口が別々の道になっている。馬の蹄鉄の形をしたロータリーの左の端が入口だ。その蹄鉄型の真ん中に、その喫茶店はあった。ディレクターの本間はそこで待っていてくれと言う。警察の訪問者を局内に入れるのが嫌なんだろう。特徴を聞くと、赤い野球帽に皮ジャンと答えた。それにジーパンらしい。ハリウッドの映画監督と同じスタイルだと脇田が笑う。

季節はもう五月も終わり頃だ。一つの事件で何日も何ヶ月も、時には何年もかかっている。一生涯の刑事生活の中で果たして何件の事件が解決できるものだろうか、事件、事故の後で草花も咲いているのだが、季節を追うような余裕はない。ただ、ひたすら犯罪者を追う、事件の糸口を追う猟犬のようだ。そう猟犬は猟犬でいい。それ以上の物を誰も望まないようだ。

窓ガラスの大きな喫茶店は、中がウォールナットで統一されている。コーヒー一杯何百円で、従業員も二、三人いる。よく採算がとれるものだと妙な感心をしていると、本間が入って来た。

まっすぐ権藤たちの所へ向かって来るということは、二人はこの辺りで場違いなスタイルなのだろう。

権藤と脇田は立ち上がった。本間は物分かりの良い人間風に、そのまま、そのままという風に手を動かす。

「お忙しいところ、どうもすいません。早稲田署の権藤です」

「脇田です」

「関東テレビ、木曜スペシャル担当の本間です」

と名刺を出す。名刺にはチーフプロデューサーとなっている。脇田が、

「プロデューサーとディレクターは違うんですか」

「ええ、製作と演出の違いですよ」

「製作と演出？」

権藤が首をひねっている。

「早い話がすべてを束ねるのがプロデューサーで、監督がディレクターです」

「はぁ、なるほど」

権藤は早く本題に入りたい為に、理解した顔を作ってみせた。

「で、私にご用とは」

本間は頭の切れる口の聞き方をする。

「ええ、斎藤良雄の件なんですが」

「あっ、死んじゃいましたね。かわいそうに」

ちっとも同情していない。マスコミ芸能界はどうも人の命が安いようだ。

「面識は？」

脇田が探りを入れる。本間は何のてらいもなく、

「ありましたよ、よくネタを売り込みに来てました。でも使い物にならなかったですね。ある時なんか、ミンダナオ島に幻の白い蛇がいるって言うんですが、幻だったらどうして白と分かるんですか？　って聞くと、すぐに次のネタを見せるんです。ガセネタが多かったですね」

権藤と脇田は思わず笑ってしまった。

「最後にお会いになったのは？」

「えーと、今年の一月でしたか」

「やっぱりネタの売り込みですか」

「ええ、今度は自信がある。絶対のネタだ。日本兵がいる。それを探そうって」

「日本兵!!」

権藤と脇田が叫んだのに本間が驚いて、

「ええ、どうかしたんですか」

「いや、ちょっと気になるものですから、その話、詳しく教えて貰えませんか？」

「いえね。この間、帰ってきた日本兵のことかとも後で思ったんですけど…。ニュースや報道番組のネタにはなるけどバラエティーで扱うものじゃないと断ったんです。そしたら三月末にコロッと」

「日本兵はどこにいるって言ってたんですか。何でそんなことを知ってたんだろう。他に軍刀のこととか言ってませんでしたか」

と矢継ぎ早に質問する権藤を止めて、脇田が続けた。

「このことはとても大切な所なんですよ本間さん。斎藤は日本兵がいると言ったんですね」

二人の勢いに押されるように本間は言う。

「ええ。正確には日本兵を見つける自信がある。どこにいるかも分っているって」

「どこにいるって言ったんですか」

「そこは営業秘密だからといって喋らないんです。今までのこともあるし、どうせマユツバだと思っていたんで、それ以上突っ込んで聞かなかったんです」

「軍刀について何も言ってませんでしたか」

「軍刀と今回の事件、何か関係あるんですか」

「いえ、ちょっと参考の為に…」

脇田も言葉を濁した。


関東テレビで本間から新しい情報を聞き出した権藤と脇田だったが、捜査本部にはそれ以上の目新しい情報は入っていなかった。斎藤の出国記録は二回であって、その二回ともマニラになっている。同行者の有無と、マニラでの接触者については、判別できないとの解答らしい。早稲田署と連絡をとっていた脇田はその旨を権藤に伝え、

「あっ、それから、私と権藤警部補はもう一回りして直帰させて戴きます。今日の報告は明日提出させていただきます。ハイ。連絡はとれるようにしておきます」

脇田は権藤にウィンクしてみせて公衆電話を切った。

「渋谷に着いたら、焼鳥でも行きませんか」

「いいね」

と権藤は脇田に笑い返した。

都営のバスで渋谷に着き、東急東横店の名店街を通り抜け、地下鉄銀座線のガード下の横断歩道を渡って、そのガード横にある焼鳥屋の暖簾をくぐった。

まだ夕方の時間ということもあって、店内は空いていた。空っぽの丸い椅子を引いてテーブルに着いた権藤と脇田は生ビールを大ジョッキで頼んだ。焼鳥が出てくるまでのおつまみに冷奴と枝豆が定番だ。

「渋谷は賑やかになるかもしれませんね」

「ホウ、どうして」

「西武百貨店の先が、渋谷公会堂の間まで、再開発されるらしいです」

「何が建つのかね」

「若者向きのファッション専門ビルとか、ホテルとか…建つらしいですよ」

「そんな物建てて大丈夫かな」

「この町は若者に受けそうにないと思いますけどね、僕も」

「新宿と渋谷はサラリーマンの町にしておきたいよな、新宿がゴチャゴチャになって来たから、今じゃ俺なんかキョロキョロしてしまうよ」

「歌舞伎町は特に新宿コマの前辺りは若者の町になってしまいましたよね」

「ここのセンター街は、八時にもうガラガラだって言うじゃないか」

「ええ、サビれてますね」

二人の前に焼鳥が並び出した。権藤は焼鳥をじっと見て、

「食い物を扱う人って想像力があるよな、このネギマなんて誰が考えたんだろうね…。良くできているよ、俺たち警察官も、ちっとは想像力を働かせて捜査する必要があるかもしれんな」

「想像力ですか」

「うん、逆から追いかけるんじゃなく、犯罪を創造してみると、別の見方が出来るかもしれないぞ」

「例えば?」

「うん、例えばな、あの斎藤を殺したのは深草だったりしてな」

「深草!!　あの帰還した日本兵の!!」

「ま、そんなわけないか」

「驚かさないでくださいよー。あー、権藤さん冗談じゃなく言ってません？　本気なんですか」

「うん、深草が事件に絡んでいると辻褄が合うんだ」

「でも、その時、深草は国立病院の特別室に入っていましたよ」

「見張りはついていたのか」

脇田は言葉に詰まった。

「いや、それはどうか知りませんけど」

「ＶＩＰ待遇だろ。逃亡する可能性のある容疑者じゃないんだから誰も見張ってなかったと思うよ」

「しかし権藤さん、深草が斎藤を殺す動機が無いですよ」

「脅されていたら」

「何で脅されるんですか。二十九年も戦って来た人間が…」

「もしだよ、もしそうじゃなかったとしたら」

「本人じゃないと言うんですか。別人だと。だったら誰かが騒ぐでしょう。身内の中の誰かが」

「そうだな…無理かな」

「無理も無理。そんなこと、課長に報告しないで下さいよ」

「分かってる、分かっている」

脇田は権藤が納得して頷いているとは思わなかった。権藤は針の穴、針の目からでも物を見ていく捜査官だと知っていた。

「権藤さん。深草は陸軍ですよ」

「そこなんだ。こっちの軍刀は茨城製作所から納品された陸軍のものではない。海軍のかもしれない…深草の軍刀見てみたいな」

「駄目ですよ。何を言ってるんですか。そんなことしたら、これですよ」

脇田は首を切る真似をした。

「深草ではない。俺もそう思うがね、ただ彼が発見されてから、俺たちの回りが妙な具合だろ。斎藤が殺され、凶器は軍刀かもしれないって日立まで行って、どうも方向はそっちを向いてるんだよ…な?」

「やっぱり無理がありますよ。コソッと帰って来たわけじゃないし、証人もいるんだろうし」

「うん。無理があるんだ。これは俺の勘だよ。刑事歴二十五年の勘なんだ。深草の向こうに犯罪の匂いがしてしょうがないんだ。何か隠されているようで…」

「もし、深草が、本当にもしですよ、そうだとしたら動機は何でしょうか」

「深草に払われてる補償金ってどれ位なんだろう」

「あ!!」

脇田は生ビールのジョッキを一瞬止めたが、首を振って、

「肉親か友人が証言しますよ」

「そこだな。そこが問題点だな。深草の郷里は何処だと言っていたっけ」

「確かニュースでは秋田県とか聞きましたけど」

「秋田か。行ってみたいな」

「田舎ですよ。とてつもなく田舎」

「東京までしか、日本のこと知らないんだ。東日本を見てみるのも悪くないぞ。実は奥の細道の奥に犯罪の細道があった…なんてどうだ」

「バカじゃないですか」

二人は酔いも手伝って少しの間に機嫌良くなっていた。

権藤は近々東北へ行く決心をしていた。脇田はその権藤の決心に薄々気づいていての酒盛りになった。

六月に入り捜査は完全に行き詰まっていた。斎藤の身辺からそれ以上の情報は集まらないし、すべての取っ掛かりがプツリと切れてしまっていた。案の定、捜査本部は縮小され、早稲田署の脇田だけが続行捜査員として残されたが、事実上は迷宮入りへの道を歩みそうに思えた。権藤の慰留の希望はもちろん若い課長の反対で叶えられず、他の事件に回されることになった。

厚生省の武村は二十七歳の若さだったが、もうすでに厭世気分だらけの男だった。三流の私大の卒業だが上級の国家試験に合格していたので、一応はキャリアのはずだった。いや、本人はそう思っていた。大蔵省や外務省は東大閥と思われたので、私大卒でも何とかなるかもしれないと厚生省を選んだが、認識は甘かった。官僚の道を選んだ自分も選ばせた環境も今となっては憎い。国家官僚の世界ははっきりしていた。どの省に入っても東大とその他の大学でしかなかった。東大があって後は全部同じであることに気がついた。厚生省でも利権の多い薬事関係や医療行政関係には配属されなかった。ということは五十四歳で課長補佐どまりのノンキャリアで、出世コースを歩む同僚にいかに気に入られるかが勝負ということになる。

よく世間で言われる官僚の物の考え方、生き方は変わるものではない。何十年、いや日本の場合は何百年にもわたって構築されたこの構図は、誰が何をしようとも変えられない。リベラルな党が官僚主導の日本を変えようと声高に叫ぼうと、ＩＱ一八〇以上もある上級官僚たちが作った構図はどうしようもない。

変えようのない現実を思い知ってから正義感に燃えて仕事しようなどと思ったこともない武村であったが、どうも引っかかることがあった。

第二次世界大戦の後処理的な部署である。庶務厚生係は普段は閑散としている。しかしこの所は違う、例の陸軍少尉が帰還して武村は国家補償の立場から補償費の計算を任されていた。本来ならただ卓上で計算だけしていればよかった。軍隊補償する期間を確定する為に深草の軍隊での履歴を読んだ。だが、これはあくまでも本人の申告を元に作られている、そして何かが引っかかるのだ。どこがと言われても、今までの資料と少し異なるだけかもしれない。

第一に一度退役した軍人が再び中野学校にしかも昭和十九年になって入隊し、たった二ヶ月で卒業している点である。中野学校そのものの資料は残っていない。

第二に昭和十九年の十二月以降にフィリピンに渡っているが、その頃すでに軍人をシブヤン海まで運ぶ手段は日本の海軍には無かったはずだ。

第三にスパイ養成だとしても二ヶ月で卒業できるものなのか。

第四に残置諜報の任務としてもマリンドーケ島はその意味を持たない。

第五にこの半年間でしか当のマリンドーケ島で騒動が起きなかったこと。

第一から第四までは軍事機密として承服できても第五の問題がどうしても引っかかる。ただし、第五の問題、何故今頃になって騒動が起きたのかということも憶測と言われればそれまでだった。武村は立場上、その第一から第五問題をすべて飲み込んで年次計算だけを報告しようと係長のデスクに向かった。

「これが年次計算です」

「ごくろう」

ノンキャリアの係長は四十八歳だ。下に尊大で上にゴマする典型的なメタルフレーム野郎だった。

「あの……」

「何だね」

「この深草少尉なんですが、どうも変なんです」

武村は言ってしまってから後悔した。

「何が変なんだ、君！　生きた英霊に向かって何を言いたいんだね」

「その生きた英霊なんですが、本当にそうなんでしょうか」

「バカモノ！　君は何を言っているんだね。君のような身分で色々余計なことは言わなくていい」

と書類を取り上げ、後は見向きもしない。

武村は、この係長に対する反抗心からもう少し深草のことを調べて見るつもりだった。それをどこかに発言したり、出版したりするつもりなどなく、いつかこのメタルフレーム野郎を椅子から引きずり降ろしたい、ただそれだけの気持ちからだった。

武村は自分のデスクに戻り、第一から第五の問題点を手帳に書き込んだ。

国はすでに英霊として決め込んで作業に入っている。この先の行動は公務員でなく、別人で行う必要がある。武村は中野学校の卒業生の生き残りと逢ってみようと思っていた。

小田急線千歳船橋駅を北に降り、小さな細い商店街を歩いて、千歳台高校の方へ向かう途中にある古本屋が文明洞だった。

所々に畑が残っている。その畑を造成して新しい住宅が急ピッチで建っている。この辺りも変わるのかと思いながら武村は目的の古本屋へ急いだ。

古本屋文明洞の主人が陸軍中野学校の卒業生だと知ったのはつい二日前のことだ。

武村は雑誌社の名を名乗った。そして今日、日曜日を面会を求める日に指定した。古本屋は日曜日でも営業しているので、いつでもどうぞと言ってくれていた。

文明洞の主人長谷川新造氏は六十を過ぎているように見えた。陸軍中野学校出身ということで、もっと強面《こわもて》を想像していたが、温厚な容貌をしていた。白くなった髪を短く刈って、顔は日焼けしていた。顔の表面に浮かぶ深い皺が、彼の戦後人生の苦悩を思わせる。

店先でお茶を出されて武村は腰かけた。

「突然お伺いして申し訳ありません」

来る途中買っておいた手土産を渡して武村は用件に入ろうとした。

「雑誌社の方にしては、キチンとしてらっしゃいますね」

と長谷川が笑う。雑誌の仕事ではないと見透かされているのかもしれない。長谷川氏は別段名刺を求めたり身分証を提示しろとも言わない。

「中野学校のことを本にでもまとめますか」

「いえ、まだそこまでは、とにかく参考にと思いまして」

「深草君のこともありますし…ね」

「ええ、まぁ」

武村は曖昧に返事をした。そしてメモを見て、

「さっそくですが、中野学校は二ヶ月かそこらで卒業できるものなんですか」

「卒業というのは変ですが、一度軍隊経験がある者なら、ある目的の為だけに集中して教え込むということは可能かもしれませんな」

「昭和十九年の頃もですか」

長谷川氏は遠くを見るような目で、しばらく考えて、

「私は、もうその時ビルマにいましたんで詳しくは知りませんが、テロ活動的なことだったらやっていたかもしれません」

「テロですか」

「基本的にはスパイですから、いろんな身の隠し方があります。諜報活動といっても今の映画のようなスマートなものではありません。人民のパニックを誘う攪乱《かくらん》工作も必要でしたね」

武村はそこまで聞いてメモをとった。続けて、

「昭和十九年の十二月以降に南方に日本人が渡れたもんでしょうか」

「その事が何か」

「いえ、ただ……」

「フィリピンには渡りづらかったでしょうな。十二月というとレイテ沖海戦は終わってましたよね」

「ええ、終わってました」

「スマトラ辺りから漁船でなら、ミンダナオづたいにマニラへ潜り込めたかもしれませんが、台湾や日本からは難しかったでしょう」

武村はうなずいてメモをとった。

「残置諜報というのは、何十年後でもその任務というか命令は生き続けるものなんですか」

「江戸時代の草とかとは違いますから、戦争が終わったら任務はなしですよ。スパイが現地に残るには、二つの理由がありますね」

「二つの理由?」

「ええ、一つは生《は》え抜きの軍人であった筈《はず》の上官が、私たちに国の為、神国日本の為と言って教育していた連中が、戦後さっさとアメリカ体制にコロッと変わり、しかも物資面でですが、いい生活を温々と送っているのを外地で知った時です。日本に幻滅し、祖国であるはずの日本を捨てて、南方で仮の夫婦生活を送っている自分たちはどうすればいいのかって…」

「そのまま残ることに?」

「その方が幸せだと思いませんか」

「なるほど、で、もう一つの理由と言うのは…」

「同じように現地の生活に満足していましてもね。日本が復興して来て金持ちの国になったとしたら…」

「あっ」

「そうです。突然の蜂起です。それも再び日本が攻めて来ることなんか期待しちゃいません」

「何が狙いなんです」

長谷川氏はニッコリ笑って、

「分かりませんか、戦後二十九年も戦ってきたんだ。こんなに質素な生活をして、一分一秒の時間も神経を擦り減らして美しく金持ちになった我が日本国の為に…」

「金ですか」

「それでしか、人生の犠牲を補ってくれる物はないでしょう」

「じゃ、深草少尉の場合」

言いかける武村を止めて、

「それは失礼なことでしょう。彼は立派な軍人です。生きた英霊なんです」

と長谷川氏は自分を納得させるように、噛み砕くようにゆっくりと言い切る。

「戦争は勝つ為にやります。その為に正義はこちらにあると思うから、チフス菌を水道にブチ込み仲間である友軍の見張りもし、破壊活動もします。でも負けたら負けた方は犯罪です。それにまみれた私たちは何で浄化すればいいのでしょう。教えてくれませんか」

「僕なんか…」

「戦争を私利で遂行した人間が、終わった後も日本をリードして、もっと懐が暖かくなる…。私は政府も要人も深草を恐れるといいと思ってます」

「もし、偽者だったとしてもですか」

「ええ、この問題では偽者も本者もないと私は思っています。あなたたちには理解できないかもしれませんが」

武村は、確かにこの長谷川氏が言う通りかもしれないと思い、一瞬、追求はもうやめようかと思った。自分たちが不正を正したところで、何百万人もの元軍人の心が晴れるわけではないだろうしと…。

だが、この長谷川氏の為に、いや、こうして戦後質素だが確実に、そして平和を真の意味で喜んでいるこの初老の男の為に…。もしこの深草が触れてはならない心の傷の襞を逆なでするような行為をしていたとしたら…。

武村は若く戦争を知らない世代であるが、知らない人間なりに悩んだ。陳腐かもしれないが正義は必要だ、それぞれどんな形であれ憂国の心も必要だと…。

武村は丁重に礼を言い、文明洞を辞した。

八月に入って、権藤はお盆休みを兼ねて取った休日で初めての奥羽本線に乗っていた。継続捜査になってしまっている大久保のガム工場脇殺人事件は、すべての手がかりの先は、もしも点線で描いていいものであれば、ある人物にたどりつく。権藤は到着点にいるそのある人物、即ち今、国民的な英雄になってしまった帰還した日本兵、深草に固執していた。権藤の取り越し苦労であるならばどれほど気持ちが楽になるだろう。だがもし、その英霊が作られたものなら、権藤たち復員してきた者にとって、それは戦場に残してきた残酷なまでの光景と、友の死を冒瀆し、決して侵してはならない犯罪なのだ。個人的な背景からも、権藤は白黒の決着をつけたかった。

深草の郷里といわれている秋田県の小坂町は、今は廃坑になってしまっているが、古い鉱山の町だと聞く。

奥羽本線は湯沢町から横手盆地に入る。東北の奥羽というイメージを抱いていた権藤にしてみれば秋田は決して貧しく感じない。温泉銀座といわれている山形、秋田。そして米どころ、横手盆地は水田が拡がっている。これから向かう小坂町は、殆《ほとん》ど十和田湖といった方がいいほど近い。東京より西に生まれた者にとって十和田も下北半島も弘前も区別がつかない。そこは地の果てのように感じ、さらに神秘的な場所と映ってしまう。

神岡町から秋田市まではよく育った稲穂が濃い緑を一面に作っている。噂通り車窓から見ていてもこの辺りの米は美味しそうに見える。戦後二十九年経って、農薬も改良され、農業技術も進んだ結果なのかもしれないにしろ、東北は寒村だったはずだ。

奥羽本線は秋田から日本海沿いを北上し、干拓された八郎潟の脇を通り能代から内陸に向かって走る。

夏の日本海は静かな海だ。ひしゃげた松と、国道が並行して走る。国道の向こう側が海。小さな白い砂浜が所々に見える。そこに二、三人の海水浴客がいる。江の島や神戸の須磨海岸と違って、その二、三人が砂浜を独占しているかのようで、何とも贅沢に見えるし、これが本当の海水浴なのかもしれないと妙に感動してみたりもする。日本海に沈む夕陽を今度は背に受ける形で列車は内陸に入る。大館に着いたのは夜の七時半になっていた。十時間も列車に乗っていたが飽きなかった。やはりどこか西日本と趣が違っていた。それは木々の緑の濃さもあるだろうし、海の色の違いもあるだろうが、何よりも民家の建て方が違っていた。

大館駅で降り立った客は十人程度だ。それぞれに行き先が決まっていて足早に消えて行く。権藤は同和鉱業小坂線の最終に乗って、取り敢えず小坂町まで行くことにした。

一輛だけの小坂線は、捜査という目的がなければ旅にもっとも適した列車かもしれなかった。権藤たち刑事の旅は、いつも捜査の延長である。いつも事件という背景を背負っての旅なのだ。犯罪心理が調味料になっているから日本海の夕陽が妙に藍色に見えてきたり、プラットホームの蛍光灯がやたら寂しく感じたりしてしまう。小坂町の駅は、その集大成のような所だった。権藤は捜査での旅を自分なりに捜査紀行などと名づけていた。

小坂の駅前はすでに漆黒の闇に包まれていた。商店街らしきものも存在しない。駐在所の赤いランプと大衆食堂の淡い色が、権藤を東北の知らない町に来たという感慨にふけさせている。

山あいの小さな鉱山の町で深草は育った。階級というものが存在した戦前の日本ではチャンスに恵まれることが容易ではなかった。百姓の子は百姓で、鉱夫の子は鉱夫。親と同じ道を歩んで行くしかないと思われていた。二男、三男が食いぶちを求めて都会の商家へ奉公したとしても、決して金持ちにはなれなかった。残された逆転の道は、家族を犠牲にして帝国大学へ入り、官僚か政治家になるか軍隊に入隊するかのいずれかだった。軍隊は永久就職の場であって、優秀であれば士官学校に入り士官になってその先、職業軍人へということになる。太平洋戦争で敗戦しなければ彼らの栄光は今もあったはずだ。

深草は、この山あいの鉱山の町で、きっと将来を夢見ていたに違いない。郷里としては、あまりに美しい所だが、大志ある少年には途方もなく田舎のこの地で…。

権藤も今、駅の回りを見渡して深草の生き方に同情できた。もちろん第二次世界大戦に赴くまでの深草にだが…。

夜の八時近くだが、人影も見当たらないこの辺りでは何をするわけにもいかず、権藤は一先ず宿を探すことにした。

店仕舞いを始めていた駅前の簡易食堂で宿を聞いてみた。すると、東京の人ならいっその事温泉に宿をとったらどうかと薦めてくれる。大湯温泉が車で十分程の所にあるらしい。温泉としての情緒はないが、古くからのいい旅館があると言い、どうせ帰り道だからと食堂の親父さんが送ってくれた。この優しさは東京にはない。もしこの俺が悪者だったらどうするつもりなのか、そんなことを超越してしまっている老夫婦なのだろう。

真っ暗な田んぼの中を食堂の親父さんは、田舎の暴走族よろしく飛ばす。時折すれ違う対向車にスピードを落としもしない。少し訛って聞き取りにくかったが、道の左右に民家が増え出した辺りが上町だと言った。そのままポツンポツンと並ぶ旅館や民家を越え、町の中心らしい四叉路の信号を右折した。右折して右にスナックを見たすぐ左に古いが格式のありそうな構えの旅館の中に車は入って行った。

その門構えを見て、

「あの…」

と権藤が躊躇すると、

「心配ねえって、こう見えても安いんだ。大丈夫だって」

と車を止めて、窓から玄関に向かって大声で、

「お客さんだべ、置いていくっから」

と権藤を降ろしてさっさと去って行く。あっけにとられていると、中から仲居が走り出て来て荷物を持つ。権藤は我に返ったようにその後を追った。

玄関口では若女将だろうか、和服の女性の出迎えを受けた。美人だ。秋田美人ってホントなんだとこの時思った。どちらかと言うとバタ臭い感じのその女将に案内され、部屋へ向う。新しく建て直したであろう廊下もどこか粋な飾りつけが施してある。高価そうな焼物がさりげなく置いてあり、案内の文字は亀のような文字で統一されていた。有名な書道家が書いたものらしいが無粋な職業の権藤には理解できなかった。少し圧倒されているのは料金が気になっている為だった。女将はそつなく一泊二食で五千円の部屋でいいでしょ

うかと、嫌みもなく言って、客を安心させる。

庭が自慢の旅館らしい。露天風呂からその庭が見渡せる。まだ八月だというのに、秋田の外れである、このあたりの夜は涼しかった。

権藤は心の贅沢を感じていた。東京から十時間以上も列車に乗って、小さな温泉湯の、歴史ある旅館の露天風呂に今入っている。

深草の捜査という名目も、いい結果が出なくても五十一年の人生で初めての旅情を感じられただけでも良しとしなければと思った。

風呂上がりの姿でバーコーナーに行き、それとなく従業員や女将さん相手に深草の話題を向けたりしたが、世間一般の答えと変わりなかった。女将は、権藤が刑事だと気づいたかもしれない。それぐらいの勘は働きそうな女性だ。

翌朝、自分の部屋で食事をとっていると、女将が顔を出して、今日の予定を聞いた。権藤は、今後の協力ということも考え、素直に、

「小坂町の鉱山を見に行こうかと思いまして」

「車でご案内しましょうか」

「いえいえ、歩きで大丈夫です」

女将は首を少し傾《かし》げて笑う。

「鉱山はもう廃坑になっていますよ。それに昔あった町と、今の中心地は違いましてね、距離もあるし、タクシーで動くのはもったいないじゃないですか。家の番頭に案内して貰って下さい。その方がいいです。そうすれば今夜も泊まって戴《いただ》けます。人質ということで、どうですか」

嫌みのない商売って、こういうものかと権藤は感心した。ついついその言葉に甘えていた。番頭は三十代後半だろうか、これも人当たりが良い。頭髪の薄さが実際の年齢よりも老けさせて見える。運転は、客を意識してか優しい。

鉱山の廃坑で降りて、一回りしてみた。坑道の中に入って見たかったが禁止されている。手帳を見せれば可能だろうが、坑道の中に深草の何かがあるはずはない。

鉱山の坑道から二キロほど北へ下った所に、鉱夫が住んでいたと思われる町の道が左にあった。そこは整地され、資料館や観光客用の歴史館が建てられていた。資料館で権藤が目にしたのはニュースで見たことのある炭坑の町と同様の長屋の写真だった。ランニングシャツ一枚の子供が長屋と長屋の間のドブ板のある細い路地で遊んでいる。雑種の犬も写っていた。この町で深草は育ったのだ。そして深草の郷里は今はない。

外に出て長屋の跡らしい所を歩いてみた。そんな権藤が怪しげな者に見えたのだろう、若い巡査が職務質問してきた。権藤は笑顔を作って手帳を見せた。用件は深草のことを調べているが、それは警備の為に必要だと無理のある嘘をついた。少し離れたところにいた番頭はああそうかという顔でうなずいている。ちょと変わった客だと思っていたのだろう。

若い巡査は最後まで朴訥《ぼくとつ》で、権藤の問いに真剣に答えてくれた。その若い巡査、森田も同行してくれると言うので、三人は町役場に向かった。深草の謄本を見る為に。森田の口利きで役場の担当者は何の疑問も抱かずに謄本を見せてくれる。深草には両親はいない。妹が一人、その妹の行方は今は知れない。権藤はこの妹に是非とも会う必要があると強く思った。

森田巡査は、この妹の行方を捜してくれると言う。分かりしだい報告するからと権藤の泊り先を聞いた。

役場の係は妙な気分になっていた。一年の間に、二度も深草の謄本を見せたこと。こんな田舎では謄本を見に来る人がいること自体珍しい。それが一年に二度もあった、それも同じ人間の謄本をだ。が、この担当官はそのことを口にしなかった。それが重大なことだとは、気づきもしなかったのだ。

深草の妹の行方が知れるまで、何を調べようか悩んでいると、旅館の番頭と森田巡査がせっかく秋田の奥の奥まで来たのだから、見学でもしてゆっくり待っていてくださいと言ってくれた。ほとんどがプライベートな旅だ。権藤は二人の薦めに乗って、小坂町から十和田湖、花輪を見学することにした。

旅館の番頭さんが近くのストーンサークルへ権藤を案内してくれた。縄文時代の物らしい。祭祀に使ったのか、公共の何かだったのか、古代にロマンをあまり感じない権藤にはよく分からなかった。ただ、何千年も昔に、人間はずいぶん手の込んだ物を作っていたものんだと感心もした。遺跡を見、敷き詰められた小石を見て、縄文人は犯罪を犯していたのだろうか等と突飛なことを考えたりもした。何千年も前、ここに人々が大きなムラを作っていたとしたら、この辺りの気候は温暖だったに違いない。もう一度辺りを見回す。畑に植えられたリンゴの木は小さな実をつけている。農家の庭先にはむくげの薄紅色の花や、ひまわりが今を盛りとばかりに咲き誇っている。山々の緑は眩しいほどに美しい。今は夏だが、これを度外視してもここは寒村などではない。

権藤たちは大湯の町を通って小さな川沿いに山を登る。道は整えられていて、十和田湖に向かう観光道路になっている。樹木のトンネルを抜けたり、渓流の音とセミの声を聞きながら十五分も走ると展望台に出る。やはり展望台はいい位置に作られていると権藤はつまらないことに感心していた。

十和田湖は神秘的な湖だった。湖の水の青さはコバルトブルーとライトブルーに色分けされている。琵琶湖と違って動物が生きているように感じない。静かなのだが、眠っているような静かさではなく、凍ってしまったような静かさだ。展望台から湖岸を見ると最近の流れなのだろう明るいベージュ色をしたホテルが建っている。松林の間に道があり。道と湖との間にホテルや保養所が並ぶ、どこか異国の趣も漂い、行ったこともないが、スイスの湖畔はここと似ているんじゃないだろうかと想像していた。展望台から車で一気に下って、湖畔のホテルが並ぶ辺りに向かう。湖の波打ち際を歩くが、中年の疲れた男には似合っていない。

深草は少年時代、きっとこの湖を見ていたに違いない。夢、大志を抱いて湖を見つめていた少年は、そのまま美しい心を持ち続けているのだろうか。この湖は夕暮れが早かった。権藤はどうしても観光気分だけに浸れなく、旅館に戻った。

ロビーで女将が入れてくれたコーヒーをご馳走になり、自慢の庭を見ていると、自分の職業も今回の旅の目的も忘れてしまう。

夕食を部屋でとっていると森田巡査が来ると連絡が入った。急いで食事を済ませてロビーに向かうとバーコーナーですでに森田巡査が待っていた。

「食事中でしたか。どうも失礼しました」

失礼が聞きづらかったが人の良さがにじんでいる。

「いいえ、いいえ。職務に関係のないことでご足労をおかけします」

「とんでもない。今日は昼勤で夕方から非番でしたから、それに巡査ではなく、ちょっぴり刑事になったようでいい気分です」

「で？」

「ええ、深草少尉の妹は、秋田市内にいます。嫁いで名字が吉田と変わっとります。吉田登喜子になっています」

「秋田にいるんですね」

権藤は少し興奮した声を出した。

「ええ、川反《ばた》の料亭で仲居の仕事をしています」

「川反？　といいますと」

「秋田市の繁華街です。川の端にあるので川反言うとります」

「ああ、川反芸者の？」

森田が笑って、

「ええ、もう芸者はほとんど残っとりませんが」

「その川反まで、ここからだと」

「ハイ、二時間半。車でも同じ位です」

権藤が立ち上がるのを森田が止めて、

「駄目です。今からじゃ列車もありませんし、車でも秋田に着く頃には吉田登喜子はもう帰っとります」

「そうですか」

権藤がどうするべきか考えていると、

「明日、午後の二時に逢えるように約束取りつけました」

「そこまでやって下さったんですか」

「ええ、一応、お兄さんの警護のことで東京の警部補の方が見えていると言ってありますから」

「ありがとうございます。助かりました」

権藤は森田巡査にお礼を言った。その森田に感謝の意味を込めてアルコールを薦めた。森田は東北の青年だ。多くは語らず酒を味わうように飲む、強い。喋り方も姿も乱すことはなかった。森田の朴訥としたその喋りの中で、小坂町の最近の様子が分かった。

鉱山の廃坑でさびれる一方のこの町を何とか観光で持ち直そうと懸命だそうだ。日本で一、二を誇る古い芝居小屋を完全な形で存続し、そこで文楽や歌舞伎、能狂言を披露してみたり、観光の目玉になる行事を定着させる音頭をとってみたり、それでも若者は東京へ流れると嘆く。そして深草の帰還は、小坂町にとっていいことなのかどうか分からないともつけ加える。

翌日の十時頃、森田はパトカーで迎えに来てくれた。秋田に行く用を無理矢理作ってきたと笑う。どうやらこの青年は、吉田登喜子に逢う所までつき合うつもりのようだ。パトカーで秋田市内へ向かう。緊急車両のライトは点けていないのに、スムースに走れる。一時半には、川反に着いていた。

川反というからには、東京の深川辺りを想像していたが、川というより堀に近い。川の中には鯉も泳いでいる。何本もの橋がかかりその中の一つを渡った所に雑居ビルが並ぶ。京都の先斗町に似ていなくもない。鴨川べりと言うよりも、高瀬川沿いの感じだ。

雑居ビルの間に忘れられたように日本風の建物がある。料亭らしい。秋田美人の語源が生まれた川反。昼はどこの繁華街も持っているすえた匂いのする深い眠りについている町、この川反もそうであった。純日本風の料亭が少なくなり、ファッションビルが増えていると森田は嘆く。

その薄いイエローのビルの二階は、窓の大きな東京の新宿辺りに最近増えつつあるカフェテラスと同じだ。ボーグと名のついたカフェテラスで二時の待ち合わせだが、吉田登喜子はまだ来ていなかった。

権藤と森田は川反の通りが見渡せる窓側の席に座った。

「秋田もオシャレな町だね」

「この辺りだけですよ。ただね、ハッキリしないんです。メリハリが効いていないというんですか、若者の街なのか、年寄りの盛り場なのか」

「東京から来た人間には両方楽しめていいけどね。夜の街を見ると、その地方の夜の顔が見えて、どの程度の犯罪があり、どのぐらいの数の不良がいるのか分ってきたりする。そしてほとんどの場合、こっちが警察の人間だとバレる」

「どうしてでしょうね」

「危ない奴らの匂いがあるように、こっちの匂いもあるんだろうね」

権藤と森田はコーヒーを注文しておいた。川反のコーヒーは旨かった。

「でね、無臭の悪がいる。これに我々は悩まされるんだ。無臭の悪と一般市民と区別がつきにくい」

「秋田では、そんなことないと思いますが」

「いや、この無臭の悪は全国にいるよ」

と権藤は笑ってコーヒーをすった。

二時五分前に吉田登喜子は現れた。普通のファッションのつもりだろうが、水商売の匂いは消えていない。卵型の顔に目鼻立ちが整い、美人だ。美しいが悲しげである。森田が手招きした。吉田登喜子が席に近づいて来ると森田が自分の席を譲って、権藤の隣に座った。

「お忙しい所、突然呼び出してすみません。お兄さんのことでちょっと」

「あの…」

不審がっていた。兄は英雄で生きた英霊、警察の尋問なんてあるはずがないという顔だ。

権藤は大袈裟に笑顔を作って、

「いえいえ。これはお兄さんの警備上の参考に聞くだけですから」

吉田登喜子の表情はそれでもまだ固い。

「小坂町に行って来ました。いい所ですね」

「たまに行くならいい所ですけど住む所じゃありません」

「そうかな、私なんか年取ったら、ああいう街で暮らしてみたい」

「年取ったらでしょう」

と皮肉を込めて言う。

「お兄さんとは…」

「四十年位逢っていません」

「突然の生還、驚かれたでしょう」

「ハッキリ言って戸惑っています。両親も死んでいますし、兄も戦死だと思い込んでいましたから、思い込んでいたというより、戦後二十九年間、それが私の現実でしたから」

「うれしくないと」

「感情が何も湧いてこないんです。四十年前の兄の顔もおぼろ気ながらにしか覚えていませんし、私まだ五歳でしたから」

「じゃ、他人みたいなものですか」

「まあ、そう言われるとそうかもしれません」

「子供の時のお兄さんの想い出はまったくないんですか」

「子供の頃のですか」

吉田登喜子は想い起しているようだ。四十年前の幼かった頃の小坂町での出来事を…。

「優しい人でした。責任感も強かったと思います。ただ、鉱夫の息子として生まれたのが不幸だったのかもしれません」

「不幸？」

権藤が聞く。

「ええ。頭が良過ぎたんです。成績は学年でいつもトップだったそうです。運動神経も人並み以上だったんですが…」

「どうしました」

「今で言う根暗だったようです。いつも目立たない所でもの静かに本を読んでいた。そんな兄の姿を記憶しています」

「家族思いだったんですか」

「ええ、人一倍家族思いだったと思います。体の弱い父の代わりに時々鉱山にも入っていたし…でも父が死んだ時、何故か泣かないんです。私はまだ子供だから涙を見せない兄を情の薄い人だと勘違いしました。でも違ったんです。悲しみに耐えていたんですね。兄の握りしめていた数珠はバラバラになっていました。

その次の年、兄は軍隊に入りました。徴兵ではありません、志願です。その後は音信が跡絶えました。母が父を追うように死んだ時も連絡はなかったんです。ただ…」

「ただ?」

権藤は聞き返す。森田も少し乗り出していた。

「軍隊っていう所は給料貰えたんですか。親戚も身内もいない私たちの両親のお墓がいつの間にか立派になっていたんです。何だか、今までの生活を逆転するような立派なお墓です。こんなことするのは兄しかいないとその時思ったんです。悲しみと両親の幸の薄さを怒るように打ち消しているみたいで…兄の耐える強さを垣間見た思いでした」

権藤は深草の少年時代を想像した。自分たちの子供の頃、良く見かけた少年の姿だ。本人は何も悪くない。生まれ落ちてきた環境がただ貧しすぎたのだ。昭和十年頃の貧しさの中で学業の優秀な子は不要だった。力強く父親の手助けができる男の子が重宝がられたのだ。

「だから、戦後二十九年間も南の島で頑張って来られたんだと…？」

権藤が聞いた。それに緊張のとけた吉田登喜子が答える。

「ええ、でも戦争って人相も変えるもんですね。兄と言われれば、そんな面影も残っていますが、もっと暗かったような…。思い出だけが固まってしまったんでしょうか」

権藤は頷いて、

「貴方にとってもやさしいお兄さんだったのでしょうね」

と話を向けてみた。

「ええ、私がまだ四歳の頃だったと思います。私がふざけてダルマストーブの回りを走っている内に、敷居の端でつまずいてストーブを倒しそうになったんです。その時、兄が私の上に覆い被さって、鍋の熱湯から守ってくれました」

「何ともなかったんですか」

吉田登喜子は笑って二の腕を見せた。

「その時、ここを火傷しました。兄は腰から下、お尻の辺りまでひどい火傷を負いました。幸い手当が早かったから火傷の跡はひどくならずにすんだんです」

「お兄さんの体に今もその傷跡が…」

権藤は取り調べ口調になりそうなのを押さえてなるべく自然に続けた。

「残っていたらつらいでしょうね」

「随分薄く、ちょっと赤くなっているかな、くらいになっていましたから…四、五年程してから一度見せてもらったんです」

「良かったですね」

権藤はそう答えておいて、その火傷の傷跡は、薄くではあっても今も深草の体に残っているはずだと確信していた。

吉田登喜子は今の深草に昔のような情が湧いてこないとため息のように漏らした。戦争と言うものが、兄妹を他人のような感情にしてしまったのかもしれない…とも。

吉田登喜子の話を一時間ほど聞いた後、権藤はもう一杯コーヒーを頼みながら頭の中を整理していた。森田はそんな権藤の様子を生真面目に見守っていた。


午後十時四十二分発の夜行まで六時間半ほどある。森田は自分の知っている店で時間を潰したらどうかと言ってくれる。同じ川反の中の日本蕎麦屋で食事した後、森田と別れた。

別れ際、権藤は小坂町で調べ切れなかったことを二、三森田に話してみた。森田は必ず調べておきます、と言って元気良く駐車場の方へ去って行った。

森田の口利きの店は雑居ビル三階にあるジャズの弾き語りを聞かせる店だった。店には話が通じているらしく森田のボトルが勝手に出てくる。スタンダードのジャズは秋田の川反になぜか合っていた。


三日ぶりに早稲田署に出た権藤の顔を見ると脇田が目を輝かせて近づいて来た。

「その顔は、何か摑んだのかな」

「ええ、すぐに権藤さんに連絡しようかと思ったんですが、休暇中だったので遠慮しました」

「秋田へ行って来たよ」

「え？　秋田にですか。何か分かりましたか」

「状況証拠がほとんどだね。いやー、でも面白かったよ」

「教えてくださいよ」

「その前に、君の方の情報を教えてくれよ」

「ええ、じゃ、『バイオレット』に行きましょうか」

脇田は声をひそめ署の前にある喫茶店に権藤を誘った。まだオフィシャルなネタではないらしい、それに権藤の情報も聞きたいのだろう。一応、権藤は捜査から外れていることになっている。それも考えてのことに違いなかった。

『バイオレット』には署員はいなかったが、権藤と脇田は奥のテーブルに座った。二人とも席に着く前に、アイスコーヒーを注文した。

「で、何を摑んだんだね」

「斎藤の足取りです」

「死ぬ前の立ち回り先か」

「浅草署の寺田警部ご存じですね?」

「オウ寺田か、確か同期だったな。一度、高井戸署で一緒だった」

「その寺田警部から権藤さんに連絡が入ったんです。僕が代わりに出ましたが」

「それで?」

「山谷のドヤで泥棒騒ぎがあって、いつもの労務者同士の争いごとだろうと思ったけれど、一応、別件のネタ拾いも兼ねて出向いたそうです。それで、そのドヤの経営者と近くのおでん屋の屋台で飲んだわけですが…」

権藤は聞いている。

「で、酔いも回って上機嫌になってきた頃に屋台のオヤジが妙なことを言い出したらしいです」

「妙なこと」

「寺田さんのことをデカだと知って、殺された斎藤を知っているって」

「何だと!」

思わず大きな声になった権藤は辺りを見て、自分でも恥ずかしそうに声を抑えた。

「で、どう知っているって言うんだね」

「ハイ、僕も昨日、そのオヤジに逢いに行ってきました。寺田さんは最初、何のことか良く分からなかったそうなんです。斎藤殺しと言われても何のことだか、で、その場は、そうかそうか殺された奴、知ってんのかって、冗談みたいになってしまって、署へ帰ってから、例の大久保の事件のガイ者だと気がついて、すぐに連絡してきてくれたわけです」

「なるほど、で、斎藤は山谷に行っていたのか」

「去年の九月以降、十二月頃までちょくちょくいたみたいです」

「シノいでいたのか？」

「日銭欲しさでしょ。生活は困っていたようです。で、最初は一人で時々飲みに来ていたけど、そのうちその屋台で知り合った変な二人組と一緒に来るようになったそうです」

「変な二人組？」

「もう二十五年以上、山谷に住む、身寄りの無さそうな二人組ですって」

「身寄りの無さそうな？」

「本人たちが酔っ払うと時々そう言ってたらしいんです」

脇田は一呼吸入れるとアイスコーヒーを飲んだ。権藤も飲んだ。いつの間にか喉がカラカラになっていた。

「もっと、凄いことがあるんです」

「何だね」

「二人とも復員兵です」

「何だって!!」

脇田は笑って、

「斎藤と軍人の接点があったんですよ」

権藤はきっと目を剥いていたに違いない。

権藤は、もう一度専従捜査に復帰させてもらうよう課長に、いや署長にごり押しするつもりになっていた。脇田は権藤が落ち着くのを待って、

「で、秋田の方は」

「妹がいた。いたけれども、今の深草が兄かどうか今一つ確信を持っていないようだ」

自分の想像、主観も入っているかもしれないがと断って、権藤は秋田での深草の少年時代の人物像を脇田に聞かせ始めた。

昭和四十七年九月（一年前）

西条が、山谷のドヤに移り住んでから二十五年が経とうとしている。自分を世捨て人だと思ったことはない。今日仕事にありつくかどうか、その不安感が刺激になるのだ。毎日の生活が博打《ばくち》のようで一日一日が刹那的なのだ。

元々四国の中村の近くの農村で育ったが、両親は西条が幼い時に死んでいた。高知市内の造り酒屋に丁稚奉公した。十八になった時、赤紙が来て軍隊に入った。別段、別れを惜

しむような家族もいないし、その運命も自然に受け入れていた。ただ復員した時に帰るべき郷里がなかった。西条に友人らしき者もいなかった。桂浜や四万十川《しまんとがわ》を恋しいと思ったこともない、大黒山も懐かしくなかった。

復員した時、四国から遠い方が精神的に楽だと思い、東京の新橋になんとなく住みついた。闇市で用心棒のような仕事についた。当時、勢力を伸ばしていた暴力団も、復員兵には一目《いちもく》置いていたのだった。その日暮らしの癖がついた。闇市の掻っ払いを追い払うだけで、スイトンが食え、夜には適当に女とも遊べた。

自分の利権を追う為にペテンを働くのは嫌だった。南方のビルマから帰ってこれたのは奇跡に近い。西条はその時すでに運を使い切ったと覚悟していた。闇市の利権を手に入れて、進駐軍の物資を流用して商売もできたかもしれない。実際、少しだけ手を染めた。が、やはり運は使い切っていたのだ。進駐軍の横流し品を扱う黒幕の中に四国の師団の准将がいた。戦争責任なんて何も考えていない。進駐軍から貰ったサングラスをかけて進駐軍の将校たちをガード下の女たちに世話する時は、米つきバッタのように闇市の日本人を蹴散らした。西条は、この男が一人でジープの運転席にいるところを殺した。その足で山谷に逃げ込んだ。二十五年以上昔の話だ。以来、そのままここでの生活を続けている。四国で西条を覚えている者はすでにいない。世間との関係が跡絶えてしまった男なのだ。

　誰にも干渉されることもない。その日の宿代を払えば安全な寝床が確保できる、少しの金を出せば酒も飲めた。准将を殺した時に生活を捨てた。郷里を捨てた。そして国を捨てた。自分の中に守るものが何もなくなった。

　五十に近い体だが、荷役の仕事も楽にできる。沖仲仕も平気だった。財産といえば健康な体だけだった。同じような境遇の松浦と、屋台のおでん屋で安い酒をチビチビ飲むことだけが幸せだった。上昇志向を一瞬持ったあの時から不幸が訪れ、不快な疲れが体を襲い、生きなければならないと考えてしまった。あの時から社会の歯車の外にいようと決心したことは変えたくなかったのだが、不安な気持ちにさせることが起こりだしていた。

　別段、どうということではないのだ。屋台で、ある若者と時々顔を逢わすこと。それだけなのだが、その男は、西条と松浦を世の中の隅っこのまだ隅っこから、引っ張り出しそうな予感がしてならない。

　今夜も松浦と待ち合わせの屋台に向かう。焼酎とおでんの二、三個食べても三百円しない。毎日だと少しきついが、三日に一度なら、ひっそりと生きている自分には充分の贅沢だと思う。

昼間でも誰も遊ばない三角の公園の脇に屋台は出ている。ブランコの鎖は片方が外れて、座る部分の片側が地面に着いていた。何年もこの公園の近くを通っているが、子供の姿は見かけたこともない。春は労務者が日向ぼっこをし、夏には老人が夕涼みをして、秋には芸術家崩れの浮浪者がスケッチをしていたりもする。冬は北風と枯れ草が滑り台と遊んでいるだけだ。

夜になってもまだ涼しくならない今年の九月、焼酎よりもホッピーが欲しくなる。松浦はもう来ていてすでに飲み始めていた。二人はこれといった言葉を交わさない。目で挨拶をして横に座って同じ物を注文し、日によっては最後まで何も話さない時もあった。お互い二十五年間ドヤ暮らしをして、日雇いの生活で何も話すことがなかった。だからといって退屈しているわけでもない。西条と松浦はこの生活が気に入っているのだ。干渉も邪魔もされたくなかったが、斎藤が顔を出した。

「こんばんは！」

声に出して挨拶をする。店のオヤジと松浦と西条が共有している空間をブチ破られたようで不愉快だった。西条と松浦は目だけで挨拶を返し、また、黙って飲み出す。

「いつも静かですね」

「お客さん！」

屋台のオヤジが注意してくれる。

「この辺りで酒を飲むんだったら、他人の中へ入り込もうとしない方がいいよ」

「そりゃそうですね。でも女とか景気の話ぐらい、毒にもならないと思うけどな」

「だから、ここいらでは、その通り一遍がないんだよ。お客さん」

「世間に関心がないってことなの」

「そうじゃなくて」

「世間がないんだよ、若い人」

西条がコップの酒を見ながら答える。日雇い人夫らしい男が、真っ当な口の聞き方をするのを斎藤は不思議そうに聞いた。

「若い人って僕のこと？　僕は斎藤って言って、ルポライターやってるんです。でも仕事がない時はここに来て生活費稼ぐんですよ」

西条と松浦は黙っている。関心も示そうとしない。

「何年、山谷にいるんですか」

「あのね、お客さん」

西条が屋台のオヤジを止めて、

「そんなこと、気になりますか、何年ここにいるか聞いてどうするんです」

「そう言われちゃ会話が成立しないじゃない」

「他人のことに興味持つと平和に生きられないよ」

と今度は松浦が面倒くさそうに答える。

「黙って飲んでても美味しくないと思うんだけどな」

もう西条と松浦は斎藤の方を見ない。

「そんなもんかな、ドヤじゃなくドミトリーにいるみたいで、日本じゃなく外国みたいだねここは？」

「二十五年だよ」

斎藤は西条が答えたのがわからなかったようだ。

西条はこの若者をこれ以上踏み込ませない為に、彼が気になることは全部答えて、後は無視できるようにしようとした。

「二十五年、この山谷にいるんだよ」

「二十五年？　ずっとですか。田舎や親戚や家族は？」

西条と松浦は顔をしかめた。しかめたが遅かった。答えないと何時間も同じことを聞き続けるだろう。斎藤のような男は、血液型はB型かもしれない、と思った。

「身寄りは誰もいない」

それで答えになっただろうと西条は突き放し、松浦と席を立った。

「あの…。どうもすいませんね。職業柄色々聞いてしまって、今日は僕に奢らせてください」

「奢って貰う理由がない」

無愛想に自分たちで払って帰って行く。斎藤はそんな二人をポカンと見送っている。

ドヤまでの道々で、

「どうにも嫌な奴だな」

「若いのに小賢しい奴かな」

「目に卑しさが残っているな。しかし、俺たちが言えた柄でもないな」

「そりゃそうだ」

と珍しく西条と松浦は笑った。笑ったことなんて何年ぶりだろうか。

三日後に屋台に顔を出すと。オヤジが、斎藤が毎日来て西条と松浦のことを知りたがってうるさくてしょうがないと言う。そんな話をしていると当の斎藤が現れた。

「こんばんは」

人の迷惑なんて考えもせずどんどん入り込んで来る。それは、斎藤というこの青年が飽きるまで続くと覚悟をした。どうせ気紛れな数日のはずだ。若者がこの町に耐えられたとしても二、三日が良いところだろう。

西条と松浦は、相変わらず口数が少ない。

「この間、二十五年この町にいるっておっしゃっていましたよね。このあたりは変わりましたか」

うまい切り出し方だ。

「いいや、このあたりは時間が止まっている」

「そのおかげで俺たちは生きられる」

と松浦が続けた。

「二十五年前というと昭和二十二年くらいですよね。東京はまだ復興していなかったんでしょう」

「闇市が全盛だったね」

「お二人は、復員なさったんですか？　そうでしょうね、ちょうどそんな感じだもんな。ウチの親父も軍人でした。海軍です。フィリピンの海戦で海の何とかになってしまったようです」

西条は、斎藤の親父が軍隊にいたと聞いて懐かしさも手伝って、つい気を許してしまった。

「藻屑ですか。君ね、自分の父親に、しかも海軍の兵隊さんにそういう表現は失礼だよ。君と君の母親を守る為に死んでいったんだ。だから君たちは気ままに生きていられる」

西条が初めて激した話し方をするのを見て屋台のオヤジと松浦は驚いている。

「アメリカさんが原爆落としたんで、さっさと降伏したから、みんな生き残れたんじゃないですか」

西条はこの若者を殴り倒してしまいそうな気分だったが、ふと、今の自分を振り返り、戦後二十五年間の自分の生活ぶりを一瞬の内に考えてしまい、酒を煽るという形で怒りを出した。

「君と戦争の話をしようとは思わない。今の俺たちには、どうでもいいことだから、そんな議論を交わすには年を取り過ぎた」

「拝見していますと、お二方とも、まだ戦後は終わっていないように見えますけどね」

「どうして」

「だって、戦後のままの生活を送っている。そこで時間が止まっている」

西条と松浦は顔を見合わせ苦笑した。

「国に仕返ししようとは思いませんでしたか」

「国に⁉」

松浦が弾かれたように聞く。

「ええ、何百万人の人が、命を落として、人生まで目茶苦茶にされて、国はあなたたちに何をしましたか。あなたたちに謝らないで外国ばかりに謝っている。不思議な国だ。日本は」

「不思議かね」

「そう思いませんか、戦争を放棄したと言いながら軍隊を作っていて、どんどん拡張している。そうかと思えば、何を言われてもだんまりと謝罪、金貸しに人格まで否定されてる。そんな国に見えてしまうんです。でも、なぜでしょうね」

「何がだね」

「なぜ、日本という国は国民に謝らないんでしょう。自分たちの判断が間違っていたら、ごめんなさいでしょう普通は、いえ、僕の言っているのは今の日本ですよ」

斎藤青年の言うことは一理あると西条も思った。日本という国は、誰にも、どこにも大戦の謝罪も総括もしない。だから、実際に戦って帰って来た人間が、いつまでも罪の意識を持つことになるのか、ふ抜けのような人間になってしまうのか。

「国に仕返ししてやればいいんです」

「国に仕返しとはどういう意味だね」

「償いをさせるんです。外国には償いをしてるんでしょう。一兵卒の人にまで戦争責任のような気持ちを持たせるのは変でしょう。全員責任逃れで、全員責任があるようで、ナチはキチンと処罰され処刑もされましたよ。誰かがずるく方向を曲げたんです」

「君は左翼でもなさそうだね。かといって右翼でもない」

「僕にも分かりません。ただ、理不尽には腹が立ちます」

松浦の目は輝いている。松浦は斎藤の言葉に触発されているようだ。

「いい奴はね、戦争で死んだか、自ら命を断ったんだよ。後は臆病者が残った。日本はね、アメリカに根っ子まで腐らされたんだよ。だから、この国はアメリカの一つの州になるか、後は滅ぶ」

三人は黙ってしまっていた。滅ぶ前に何とかしたいなどと、そんな大それた気持ちは、もちろん持ち合わせていない。いっそ今のままそっと生きて、そっと死んでいくのを西条も松浦も願っている。

二十五年間で、初めて興奮し演説してしまったことを西条は後悔した。自分の体の中にたぎる血なんてなくなったと思っていた。たとえあったとしても呼び起こす気もなかったはずだった。

斎藤とは、結局その後も時々逢って、青臭い議論を闘わすことになってしまった。

二週間ほど斎藤の姿は山谷から消えていた。西条と松浦は同じペースで屋台に顔を出している。仲秋の名月とはよくいったものだと西条は珍しく夜空を見上げていた。公園のジャングルジムが月の光を受けて影を落していた。酒はいつの季節も美味《うま》いが、秋口が一番美味いと思うのは感傷が手伝うのだろうか、斎藤に逢うまでセンチメンタルな気持ちも記憶の片隅に追いやっていたのだが、俗物的な思考が一気に回り出した。それも、この二週

間ほど斎藤の姿が見えなくなり元に戻りつつあった。安い日本酒をぬるくカンをして貰って、

「奴はもう戻ってこないだろうね」

「虚栄が残っている限り、戻って来たとしても、ほんの数日じゃないのかな」

松浦は答える。

「ああいう人騒がせな奴が、世の中にいるんだな」

西条と松浦がいつものペースに戻りかけていた所に、

「やあ、いましたね」

相変わらずマイペースで二人の側に座って、ビールを頼んでいる。ビールなんて上等な物を注文するのはこの男くらいだ。西条と松浦は、どこか辟易していたにも関わらず、この斎藤という男と関わることに、捨てたはずの好奇心が湧き出すのを否定できなかった。

「また、生活苦しくなったのかね」

西条が聞くと
「違いますよ。お二人に逢いに来たんですよ」

気安く笑って鯛焼きをすすめる。

「酒にね、意外と合うんですよ。麻布十番の鯛焼き屋で買って来たんです。尻尾の先までアンコが入っているという有名な店のものです」

西条と松浦は鯛焼きを口にした。

「うまいね」

松浦がうれしそうにほおばる。

「俺たちに逢いに来たって？」

「ええ、仕事がありましてね」

「仕事は、今でもあるよ。別に今の仕事でいいさ」

「金になります」

「金は余分には要らない、飯は一日三回食えりゃいい。四回食いだすとロクなことがない」

「じゃ金の話は引っ込めます。敵討ちです」

「誰かを殺すのか」

松浦が驚いていると斎藤は笑って、

「冗談じゃない。そんな話じゃありませんよ。償いをさせるんですよ、国に」

「国に？　お上にか」

「お上とは時代がかっていいですね。お二人の人生を取り戻すんです。西条さんも松浦さんも体を傷つけて、郷里を捨てたにも関わらず、そして今の境遇になったのも国が悪いんです。戦争が悪いんでしょう」

「すんだことはもういい。精神面だけでも、あの時代に逆戻りさせられるのが嫌なんだ」

「いいえ、思いっきり二十九年前からやり直してみたらどうです」

「そんなことできやしないよ」

「そうかな…」

と斎藤はニタっとする。

「斎藤君、君が何を企んでいるのか知らないがな、そろそろ俺たちをほっておいてくれないかな。俺たちも君と知り合って、充分楽しかった。でもな、このままそっと生きてそして死んで行きたいんだよ」

西条は静かに言う。斎藤は反論してこない。少しの間じっと黙ってビールを飲んでいた。

「金になるのは確かですけど、その上、仕返しができる。思いっきりの謝罪もさせることができる。そう思っただけです。分かりました。これは僕の仕事ではありません。あくまでもお二人だからできることで…あきらめます。ただ、もしも気が変わったら僕に連絡して下さい」

と斎藤は西条に名刺を渡して、やけに素直に帰って行った。


一週間後、季節はもう十月に入ろうとしていた。近頃やたら季節の移り変わりに敏感になっている西条と松浦だったが、その夜は屋台に入らず、公園のベンチで語りあっていた。二人とも斎藤のことが気になるのだ。

「話の内容だけでも聞いてみるか」

西条は少し嫌な気がした。口を開いた最初の言葉が金のことだったからである。西条は、金の話は度外視して斎藤が言った言葉「国に謝罪させることができる」その意味が一番知りたかった。二十五年前、准将を殺したことの裏打ちが欲しかった。国家は六百万将兵に謝罪していない。確かな目に見える形で償って欲しかった。もしその目的が達成されるならこの辺りで太く短く折れてしまう人生も悪くないと思っていた。

今、欲しいのは、今の国民全体が、六百万人の死の上に立って生活しているという認識だった。だから金の話を口にする斎藤と松浦と意識の上で一線を画したかった。

「金儲けだけだったらやらないぞ俺は」

「分かっているよ。俺だってそうだ。ただその上に金が入ってくるのは悪いことじゃない。そう思って言っただけだよ」

松浦は言い訳をする。西条は斎藤の申し出を受けようと思っていた。もし自分に信念というものが残っているなら、その信念を貫くために条件は出そうと思う。金の為にはやらない。自分たちの持つ正義の為に…。もし欲で二人が動かなければならないなら即座に降りることを条件に…。先ず松浦にそう言った。

「それでいいと思う。俺は西条さんについて行くだけだ」

本心かどうか分らない。西条はそれでもいいと思った。その日のうちに西条は斎藤に連絡した。

斎藤は浅草まで出て来るように言う。浅草寺《せんそうじ》の境内で話すと、静かな所よりもその方が人目が避けられるとも。

西条と松浦はその日は日雇いの仕事はキャンセルして浅草寺へ向かった。浅草寺のおみくじだらけの木の下のベンチに斎藤は座っていた。西条と松浦が近づくと、

「少し離れて座ってくれませんか。別々に来た観光客のように見える方がいいと思います。

後々のことを考えるとね」

西条と松浦は言われた通り、人一人分空けて腰かけた。

「計画を話します。メモはとらないで」

松浦が頷いている。

「この何週間か僕が山谷にいなかったのは、調べものをしていたんです。お二人に日本兵になっていただきたいんです」

「日本兵?」

「もう戦争が終わって二十八年も経つんだよ」

「ええ、分かっています。日本兵のまま南方の島で今まで隠れていたという設定です」

「そんなこと、できるのかね」

西条が問い質す。

「日本兵が今も生き残っていて、日本が再度侵攻して来る時を今も待っているって噂、聞いたことありますか」

「聞いたような気もするが」

「今までは嘘でしたが、今回は本当になります」

「ということは」

西条が疑問をぶつける。

「俺たちをその、今も生きていて戦い続けている日本兵になれと言うのか」

「はい」

「そんなこと、できると本当に思っているのかね」

「とにかくこれを読んでください」

斎藤が手渡したのは二人の元軍人の資料だった。西条と松浦は別々の資料に目を通している。西条が先に顔を上げた。

「この人になれと言うのかね。本気か」

「もちろん本気です。どちらも身寄りがほとんどない。この深草には妹がいますが、もう三十五年も逢っていない。詳しく聞きたいですか」

西条は肯定の沈黙をした。

「深草は、鉱山の町で鉱夫の息子として生まれました。その鉱山は現在は廃坑になっていまして、誰もそこには住んでいません。全国にバラバラに散ってしまっています」

「それにしても…」

「アルバムなんかある時代じゃない。それに覚えていても四十年近く前の面影だけです。人の顔は四十年経つとまったく変わる人もいる。同じ面影の人もいる。本人が『私が深草です』と言い切ってしまえば、そう言えばそうかもって気になって、そうだこんな顔をしていたなとなってしまいますよ」

「妹の方は大丈夫かな」

「兄はとっくに死んだと思っているんですよ。幼い頃の思い出だけで終わっているんです。大丈夫ですよ」

「体の特徴とか、そんなもの調べたりしないかな」

松浦が横から聞いた。

「英雄にですか？　生きている英霊に失礼だと思って誰も何もしませんよ。ただただ大騒ぎでそれも大歓迎で迎えてくれる。特に、国の上層部はね」

「どうしてだね」

納得できない顔つきで松浦が質問するのを西条はさえぎった。

「そうかもしれない。斎藤君の言う通りかもしれない」

西条は確信しだしていた。今の国の上層部には、国の若者を戦争に駆り立てた後ろめたさがあるはずだった。奴らは、運良く、そう運良くと思っている。運良く戦後のドサクサを乗り切って、しかも戦前と同じようにエスカレーターに乗り続けている。到着したフロアは全体主義のトップではなく、経済社会のトップと立場は違っても、上層部そのものには違いない。だから、奴らは、もし今、生きた英霊が帰還することになれば、ことさら飾り立て、ことさら英雄扱いするに違いない。だから、この若者はその心理的背景を逆手にとろうとしている。しかし謝罪させる以外のことも打算しているはずだ。

「斎藤君、金じゃないだろうね、君の目的は？」

「バカバカしい、僕は西条さんや松浦さんの無念を晴らしたいんです。だって不公平でしょう」

「世の中って不公平なものだよ」

「いや、僕はどこかで公平だと思っているんです」

「金持ちは体が弱かったり、息子が暴力的だったりってことでかい？」

西条が聞く。

「いえ、生きて行くということでです。西条さんたちを戦場に行かせて、自分たちは生き残って、しかも進駐軍側にコロっと寝返った上官がいたとして、その人間が温々と生きて行く上でですよ」

「罪の意識なんてない奴がほとんどだろ」

「罪じゃないんです、恐怖なんです。生き抜く上での恐怖です。その恐怖の材料を持っている人間がひょっこり現れる。ずるい連中は口封じに何を使います？」

「環境だろうね」

「ハイ、日本国中あげてそうなるように裏で動きますよ」

西条もそうなる気がしている。二十五年前、進駐軍のジープの上で、かつての准将が死に際に哀願の目をした。あの時がそうだった。

「間違いなく、必要以上にあなたたちは英雄で帰ってこられます。そして誰もそのことに異論は唱えないでしょう。全員が、色々な意味であなたたちに後ろめたさがあるからです」

「色々な意味でね」

「そうです。この計画、乗りますか？」

「分かった、乗ろう。だが、くれぐれも…」

「僕の目的は金銭じゃありません」

「もし裏切ったら、そこで俺は降りるよ」

斎藤は笑って
「そういうあなただからこの話を持って来たんです。じゃあ、詳しいことは、また、連絡します」

斎藤は浅草寺の雑踏へ紛れて行った。

西条と松浦は、この時、山谷から一歩だけ外へ抜け出していた。


三日後、斎藤はおでん屋に先に来ていた。当然、直接、顔を出しての連絡ではないと思っていた西条たちは驚いた。その反応を楽しむように斎藤は笑った。

「こんばんは！」

芝居がうまい奴だった。先日際どい計画を話していたなんてこれっぽっちも感じさせない。屋台のオヤジは相変わらず西条と松浦が、この青年を嫌っていると見ているだろう。

西条も松浦もさりげなく振る舞う。敢えて不快な表情を作った。

「今日は、もう何も予定ないですよね」

「だったら何だ」

「いえね、少しお金が入ったんで桜鍋でも食べに行きませんか、と誘おうと思ったんです」

「俺たちとか」

「ええ、たまにはいいじゃないですか。僕のことは嫌いでも桜鍋は嫌いじゃないでしょ」

西条は苦笑してしまった。

「行きましょうよ」

「場違いな格好しているよ」

松浦が自分たちの服装を見て言う。

「銀座に行くんじゃないんです。森下町ですから」

すぐ近くだった。古くから営業していて、場所柄力士や噺家も良く来ることで有名な桜鍋の店で三人は馬肉を食べた。下町にある店なので客の服装で区別したりしない、西条と松浦も印象に残らない中年の男としてしか見ていないだろう。

斎藤は二人に肉をどんどん薦め、生卵を取り皿に割って混ぜてくれたりして、西条たちに機嫌良く食事を奢る。店では計画の続きの話など一切なく。ただ一言、この後、木場の先にある倉庫に行くとだけ言う。

木場の倉庫はどうやら斎藤の縁のある人物の持ち物らしい。西条は、斎藤という青年は本来、中流でも上の家柄の出かもしれないと思った。

小さな倉庫の中は裸電球が灯るようになっていた。ベニヤ板が束ねて隅に置かれていた。そのベニヤ板の奥に段ボール箱が三つあった。斎藤はそれらを指さして、

「手に入れました。お二人の新しい人生の為の小道具が一揃いです」

箱を開けて西条が手にした物は旧日本軍の軍服だった。しかも上官の。

「これは将校の軍服じゃないのか」

「ええ、西条さんは少尉になるんだから、おかしくないでしょう」

「でも俺は下士官だったんだよ。少尉じゃなかった」

不安がむくむくと下腹辺りから湧き出てくる。

「大丈夫ですよ。一番憎かった少尉の真似をすればいいじゃないですか」

「これは軍刀じゃないのか」

「上官には必要でしょ。これを手に入れるのに少し無理しました」

西条は、軍刀を包んだ油紙を開けて鞘を抜く。良く手入れされていた。刀身は鈍い銀色に輝いている。

「これじゃ手入れされすぎています。少し雨に晒したりしてください。もちろん目的地についてからです。錆びが入ったら、また、研いでください」

「研ぐって言ってもね」

「適当にです。ベルトに当てて、布切れで仕上げて、少しボロボロになってた方がいいと思います。誰も中を見ようなんてしないと思いますが、この辺りも焼いてしまったりしてください」

とにかく柄も鞘もボロボロにして軍刀かなという雰囲気だけにしろと言う。

「こんな物どこにあったんだね」

「知り合いから手に入れたんですよ。足がつかないようにちょっと苦労しました」

「その元の持ち主は陸軍か海軍か？」

「外をボロボロにしてしまえば分りませんよ」

「だけどね君」

「細かく身体検査なんてしませんよ。なんだったら、向こうで捨ててくればいいんです。ここにある軍服も捨てて焼いてもいいですよ。何しろ二十九年もジャングルにいたんですから」

西条と松浦は段ボールの中を点検した。いったいどこから手に入れたのか、軍人装備の一式が揃っていた。

一応、荷物の確認をして倉庫から離れた。

「ほとんど役に立たないと思います。捨てた方がいいかもしれません、一個か二個を残してね。日本兵だと歴然と分るものを…」

それだけ言うと斎藤は去って行った。この次三人で逢う時が決行の時だと告げた。西条と松浦は歩いて山谷に戻る。帰りの道すがら二人は気持ちの整理をしていた。

西条は松浦と別れて、一人ドヤに戻ったが、寝つかれなかった。軍服を見たせいかもしれない。古くて使い物になるのだろうか、洗濯はしてあったが確かにどこかの軍人が実際に使っていた物だ。丸く破れた穴は銃撃の跡なのか、目の前に過去の遺物を見たことで西条の精神状態は最悪だった。その興奮は、まだ西条が若い時、二十九年前の興奮だった。

簡易ホテルのベッドに横になって西条は思う。それにしても、玉砕や全滅した部隊のいかに多いことかと、資料では深草もレイテ島リモン峠で戦死していた。セブ島に渡った八百人に入っていなかったようだ。セブ島でも激戦があり、サイパンや硫黄島は玉砕、ビルマ戦線でも本隊とはぐれた小隊はジャングルの中で飢えて死んでいった。西条は、今からやることに大義を見つけようとしていた。戦後約三十年も戦うはめになった国家の教えとは何だったのか。今一度、日本人に問い直してみたい。捕虜にならず、まして死をも選ばず、ひたすら日本の再侵攻を待つ軍人が、今でもいるとしたら、国はその人物にどう謝罪し、どう対処するのか…。

西条は深草に成りきって試してみたいと思っていた。西条の大義は、自分をも含めた戦後の人生を捨ててしまったような元軍人たちの思いを込めたささやかな抵抗だと…国を思った国民を犠牲にしたままでは、その国は国民に見放されるだろう…と。

西条は深草になって、その時、国は国民は、戦争を知らない若い世代は、そして自分と同じ年の自分と同じように生き残った連中は、何を思い、何を感じるのだろうかと空想する。

西条は断定する。これは犯罪ではなく、詐欺的なことでもなく、深草たちの仕返しなのだと。すでに西条は深草の魂と入れ代わっていた。

決行の日が近づいた。斎藤は二日後に迎えに来るという。破れかけた香港シャツと黒っぽいスラックス、それも古い物を身につけておくように連絡して来た。

私物はすべて焼却しろと言う、特に新しいビニールやセルロイドが体に付着していないように、そして口やかましい感じで言ったのが今の日本の通貨だ。一円も決して持たないようにと、もし今の札が万が一にでもどこかに紛れ込んでいたら、それでこの計画は無になると…。確かに斎藤の言う通りだった。

その二人の日本兵は、日本は昔のままだと思い込んでいるはずだ。もし、身につけていても戦前の紙幣のはずだろうし、現代の生活で、最近発見されたり発明された物は身につけてはならないのだ。着のみ着のままの衣類も現地で処分しなければならない。下着等は特に今の下着は危険だ。当時の軍は褌だったのだ。すべての物が現地で調達した物なら話の辻褄は合う。西条もその辺りは気を使った。

斎藤は約束した日に来た。木場の倉庫で段ボール箱から麻袋にすべての物を詰め替えて、斎藤は用心深くその段ボールを火にくべた。

三人は、斎藤が用意したコロナで本牧に向かった。船に乗ると言う。船は今、流行のパナマ船籍でラワン材を運んでいるらしい。

「密航なんて大丈夫なのか」

斎藤は笑う。

「それよりも、日本に問題になるような物は残してありませんよね」

「大丈夫だ。何もない」

「ドヤと屋台に挨拶ぐらいしましたか」

「ドヤは金を払って黙って出ていけばいい。誰かに聞かれたって何も言わない。それが山谷の仕来たりだよ」

「屋台の方は?」

「屋台も、むしろ突然消えたほうがいい。突然現れて、突然消えるのがあのあたりの客だよ。でっかいことがなければね」

「でっかいことですか…まっないでしょうね。あなたたち以外のことでは…」

斎藤は安心しだした。

本牧に停められている船には斎藤の言うように誰に咎められることなく乗船できた。

斎藤は船室ではなく荷物の下の空間へ二人を連れて行き、

「ここで、マニラまで隠れていてください。食事は、用意してきた分だけです。用を足すのは海に、それも夜中にです。大きい方はこの箱に始末して海に投げ捨ててください。他の身の廻りのものも捨ててください。基本的には話がついています。船員はあなたたちを見て見ぬ振りをするはずですから」

「本当に大丈夫なんだろうね」

松浦が心細そうに聞く。

「大丈夫です。マニラ港についたら教えてくれます。あなたたちと関係ないように『マニラ』と怒鳴り声がしますから直ぐに分かります。その日は動かずに二日目の夜に海に飛び込んで、真っ直ぐ南の沿岸へ泳いでください。船から一キロくらいあります。南です。いいですね」

二人は頷く。緊張のせいで青白い顔色だったに違いないが、斎藤は気づかない。

「いいですね。『マニラ！』の声がした次の日の夜です。マニラには僕が先に行って待っています。僕が直ぐに見つからなかったら、とにかく、そこで待っていてください。必ず僕を待っていてください。フィリピンはまだ治安が悪いですから」

言うだけ言うと斎藤はさっさと下船した。

「このまま出航できるかな」

松浦は、日本の出入国がもっと厳しいはずだと思っていた。

「入る時は厳しくて、出る時はこんなものかもしれんな」

「うまく出航できて、一ヶ月も経てば、俺たちは英雄で、しかも金持ちだな」

やはり金の話をする。

「身分がバレなきゃの話だ。金は期待しない方がいいな」

「しかし、今より良くならなきゃ意味ないだろ」

「俺はそんなつもりではやらないぞ絶対」

「分かってるよ。ただ理想と現実は違うもんだろ？」

「二度と金の話はするな！」

西条は本気になって松浦を叱りつけた。松浦は渋々承知したように肩をすくめたが、目はこずるく光っていた。

不思議なことに船旅は退屈しなかった。二十九年前の戦地で死んで行った仲間や、戦後の新橋のガード下での生活が西条の頭の中に次々と浮かんでは消えた。

西条の思考は二十九年前に戻っていた。もし、今までの二十五年間が、山谷のその日暮らしの二十五年間がないものになるなら、西条は海外に行きたいと思っていた。志ひとつでもう一度、自分を試せるような海外に行ってみたいと思っていた。ハワイか南米か、親日的な国民性だが、自分とはまったく縁のない世界へ、そこで生産的な…たとえば農業でいいから仕事をしてみたくなっていた。

もし、英雄で日本に帰れたなら、それを転機に人生を変えてみたいと毎日想像していた。だが、自分の考えと明らかに違う二人、松浦と斎藤は欲に取りつかれている。この二人から計画の一部が洩れてしまう可能性がある。金などくれてやればいい。だが自分が偽りの深草であることがバレてしまっては、単なる恥さらしの犯罪者になってしまう。ひょっとすると、この二人とともに最後まで計画の完遂は無理かもしれない。西条のこの疑問はどんどん膨らんでくる。横にいる松浦の顔が今まで以上に醜く見えるのは気のせいだろうか。

船は十一日かかってマニラ湾についた。斎藤の言う通り、ついた時にマレー人の甲板員がマニラと大声で叫んで歩いていた。

西条と松浦はその日も物陰でじっと潜んでいた。次の日の夜、言われた通り真夜中に月の位置を確認して、麻袋を背中に背負って海中にダイブした。南に港の明るい光とは対照的な小さな漁村の灯が見えている。西条と松浦は、その小さな光に向かって泳ぎだした。

十月も終わりに近いはずだが、マニラ湾の水は暖かかった。一キロ近く泳いだのは、それこそ三十年以上も前のことだ。さすがに松浦も遅れだした。二人は一時間以上かかって、ようやく浅瀬にたどりついた。足の膝は笑ってしまっている。半ば這いつくばるようにして砂浜へ上がる。斎藤はきていた。小さな漁船に背中をもたれかけて。

「やっぱり年のようですね。大丈夫ですか」

と手を貸そうともしないで笑っている。

「この先に漁船が待っています。今すぐ出発してください。明日の朝五時頃にはマリンドーケ島に着きます」

「今から?」

松浦は不服そうに聞く。

「こういう所は長居しない方がいいんです。なるべくあなたたちを現地の人間の目に晒したくありません」

斎藤はそれだけ言うとさっさと漁船の方へ歩いて行く。砂で歩きにくい上に足元が暗い。西条も松浦もついて行くのがやっとだった。斎藤は漁船にも先に乗り込んで、現地の漁師に英語で話し、米ドル札を何枚か渡している。西条たちが船に乗り、一息もつかないうちに出航した。服もずぶ濡れでその上、腹も減っていたが、斎藤は向うにつく頃には乾いていますとにべもない。

マリンドーケ島は見た目にも美しい島だった。砂浜が白く眩しい。西条の故郷、四国の海岸でも、ここまで白い砂浜は記憶にない。朝の六時だというのに明るい、日差しは強くなる予兆が、すでにもう感じられた。日本を出た時は秋も深まり始めていたのに、この南方独特の朝焼けと緑がかったライトブルーの海の色とバニアンツリーと低い灌木、ブーゲンビリア、そのどれもが西条たちを異国情緒の中へと誘っていた。

砂浜に人影はない。左手二キロ先には小さな漁村が見えている。日本でいう掘っ立て小屋のような建物が数戸見えている。その集落の側はバニアンツリーが多い。

漁船からカヌーに似た小舟で三人は島に上陸した。斎藤は先に歩き出した。

「まだ遠いのか」

松浦が不機嫌そうに聞く。

「この先にジャングルがあります。ジャングルといってもブッシュの回りに灌木があって、その回りを高い木が囲んでいます。ブッシュの中に小屋でも建てれば見つかることはありません」

三人は黙ったまま、三時間ほど歩いた。頭の上には真夏の太陽といっても一向に差し支えないような日差しが降り注いでいた。

「まだかね」

西条も音《ね》を上げた。

「そこにもう見えてます」

確かに低い灌木で覆われた丘陵だ。だが実際にその中に入って行くと木の高さは三メートル以上ある。途中、トウキビ畑が続いていた。バナナの畑もある。トウキビの糖分とバナナで飢えはしないだろうが、盗みは極力避けたい。食料の心配はどうしても残った。

「ここを生活の拠点にしてください。すぐそこのブッシュの中に小屋を作ってください。ジャングルの中央部分に直径十メートルぐらいの手頃な草地がある。そこまで来て、ホラ、そこの草地から、空が見えるでしょう。ですから飛行機が上を飛ぶと分かります」

斎藤が上を見上げている。

「発見された時は、色々なことを聞かれます。大丈夫ですか」

「大丈夫だ。最初の頃は何回も米軍と日本関係者の飛行機が上を飛んでいった。投降のビラも撒いていったと言えばいいんだね」

「ええ、ずっと昔にね。最近の情報は知っていたのかとも聞きますよ、きっと」

斎藤と西条、松浦はそれから細かい打ち合わせに何時間も費やした。打ち合わせの間、西条と松浦が日本から着てきた衣類を脱ぎ燃やした。斎藤は古いナイフと古いナタだけ渡した。刃先だけはキレイに研いである。そして地元で手に入れたのか、売れ残って店先で日に焼けて変色してしまったような布地も手渡した。その布で衣類を作れと言う。不細工でいいからとつけ加えた。日本から持って来た二人の軍服や装備一式は充分古いが、外で雨風に晒して放っておけ、南国の太陽とスコールで直ぐに日本の洗剤は落ちてしまうだろうと…。斎藤はその他、食料は持って来たものだけで我慢しろ、一週間に一度の割で、今日上陸した砂浜に食料は補給するからと言う。

「それから、誰とも接触しないでください。僕とだけ逢うんです。いいですね。たまたま遊びに来ていた日本の青年が、すなわち僕のことです。僕のことだけ信用している風に。いいですね。僕はあなたたちと逢いに来た時、赤トンボの唄を歌います。赤トンボですよ。いいですね。では二ヶ月か三ヶ月後にお逢しましょう。頑張ってください」

『いいですね。』を連発した後、フィリピン製の改造銃を渡して斎藤は帰って行った。

西条と松浦は、今、日本兵になった。

ようやく南の島での過ごし方のコツを飲み込んで一週間が経ち、西条と松浦は約束の海岸まで出かけて行ったが食料は届いていない。斎藤は二人を見捨てたのかもしれない。食料の配達を請け負った現地の人間が約束を反故にしたか…ともかく結果的に西条と松浦は急速に旧日本兵らしくなっていった。近くの海に出て魚を獲ったり、野生している食べられそうな草木や実、タロ芋のような芋も食べたが、慣れないせいもあってか、西条と松浦は少しずつ飢え始めていた。一月経っても食料は来ない。初めて斎藤との約束を守り続ける決心が揺らいだ。最初に約束を反故にしたのは斎藤の方だと松浦は言い、西条もついに折れた。近くの村で食料を盗んだのだ。用心深く、盗んだ事実が発覚しないように少量ずつであったが…。初めはうまくいっているようにみえた。しかし二人の盗みは、本人たちも気づかぬうちにエスカレートしていたのだ。遂に村人に姿を見られてしまった。マリンドーケ島に上陸してから二ヶ月近くが経っていた。

次の日の早朝、ブッシュに作った小屋とも言えないボロ家を取り囲んだ現地の人間が何かを叫んだ。寝込みを襲われて驚いた松浦が改造銃を撃った。それが合図のように銃撃戦が始まった。現地の警察ではなく村人たちで作った自警団のような感じだったが、西条たちの持っているような改造銃を何人かが所持していたのだろう。

戦争体験のある者は、こんな状況に陥ると反射的に体が動く。西条もまた、『誰にも当てるな！』と叫びながら村人のすぐ側に威嚇射撃する。殺されては元も子もないが本当らしく見せなければならないと西条の生存本能が告げていた。

やがて村人たちは身の危険を感じたのかパラパラと逃げて行った。西条と松浦は、村人たちが逃げていってくれたこととは別の意味でほっとしていた。マリンドーケの現地の人間に見つかったことに対してほっとしていた。

まだ二ヶ月しか経っていないのだが、二人にとって早くも限界だった。こんな所に二十九年間も潜んでいたと言って、みんな信じるのだろうか。特に松浦の神経は危険だった。

「これで日本に帰れる」

その言葉ばかり呟いている。

「日本に帰って、いい生活ができなけりゃやってらんないぞ」

「松浦！」

「わかってるよ。お前は金じゃねえんだろ。だけど俺は要求するぞ。二十五年間の山谷のドヤ生活の分も全部チャラにして貰う。西条、お前はお前の好きにするさ。俺は俺でその後のことは考える。帰って別々に行動すりゃバレやしないって」

西条は答えなかった。ただ、この計画は、金を主の目的にした時、失敗すると思っている。本来は、一人で計画を立て一人で実行し、そしてたった一人で国に謝罪させるべきものだった。もしも、真の意味で、生きた英霊として、今後、残された人生を清廉潔白に歩むとしたら斎藤と松浦の精神は余りにも物欲にまみれていて存在すること事態、許せなくなっていた。

「早けりゃ、二、三日でマニラから日本の関係者が来るだろうな。奴らどんな顔するかな」

西条はそれにも答えなかった。

「何、黙ってんだよ。怖じ気づいたのか、この期に及んで」

西条は静かに笑う。

「松浦、お前日本の関係者が来た時どうするつもりだ」

「そりゃ、飛び出して行って、握手の一つでもするさ」

「三十年近く、じっと隠れていたんだぞ、俺たちは」

「だから何だよ。向うから迎えに来た時は、堂々と出て行きゃいいんだ」

「で身の回りはどうする」

「このままでいいんじゃないか。何か問題あるか」

やはりこの男は根っからの馬鹿でしかない。この途方もない計画の意味が分かっていないらしい。西条は黙って改造銃を松浦に向けて無造作に引き金を引いた。

松浦は『何故だ』という目をしてこと切れた。

「松浦、お前みたいな奴が日本に戻ると、三日ですべてが露見する。英霊は決して犯罪者になってはいけない。ここで発見される日本兵は筋金入りの軍人でなければいけないんだ。必要以上のことは喋らず、日本の敗戦にショックを受けながら、自分の身の処し方にも毅然としていられる人間でないとな、情緒的、観念的な人間は不合格、機械のような人間であって、戦争のすべてを…その残酷さも、悲惨さも、戦い抜くという意志と、命令を守ると言う義理も、仲間に対する人情も、すべてを黙ってゆっくり表わす意志が必要なんだ」

西条は死んでいる松浦をブッシュの中に埋めながら一人で話していた。

「悪いが、お前は現地の人間との銃撃戦で死んだことにしておく」

西条は、松浦の墓も作った。そして、運命の日をブッシュの奥のボロ小屋で待った。


スピーカーを通した日本語が流れて来たのは、一週間後だった。赤トンボの唄はない。マニラの大使館の職員だろう。

『日本兵に告げます。戦争はとっくに終わっています。日本は平和国家として立ち直っています。アメリカとも、このフィリピンとも、今や友好関係にあります。』

スピーカーの声は流れてくる。出て来ても攻撃しない。誰もあなたたちを責めないし、日本は美しい国土を保っている旨を言う。

西条は出て行かない。一行は、そこだけぽっかり開けた草地の入口付近にいるらしい。二時間ほど投降を呼びかけて西条に戦闘の意志がないなら、ここに置いた日本の国旗をキチンと折り畳んでおいて欲しいと言う。最初の日はそれだけで帰って行った。

西条は彼等の姿が見えなくなって何時間も経ってから国旗に近づき丁寧に折り畳んだ。二日後、また、一行が来た。日本人の関係者が国旗を見ている。そして同じ内容をスピーカーで伝えたが、西条は出て行かなかった。本当の日本兵ならまだ疑っているはずだ。大使館の役人だろう、彼は最近の日本の写真や新聞を置いて行く。そして何故かそこに煎餅も置いてあった。

西条はそれらを全部持って帰った。新聞には日本兵が発見されたらしい記事が載っている。現地の人の証言が紹介されていた。不思議に煎餅は懐かしい味がした。西条はますます、深草と同化していた。

三度目の時、日本人が一人だけ草地の真ん中あたりまで近づいて来た。

「私は日本大使館の高村です。日本兵の方、元気でいらっしゃったら出て来て下さい。そちらから見えているでしょう。私は武器は持っていません。危害をくわえる気はありません。それから私が日本人であることも証明することができます」

高村はパスポートを身分証代わりに掲げてみせた。


ブッシュの奥から男が出て来た。軍人らしい歩き方で近づいて来る。彼なりの正装だろう。ボロボロの軍服に元の形もない帽子、そして軍刀を下げている。他には何も持たない。真っ直ぐ前を見て高村の近くまで来る。栄養失調のせいか頬はこけていて目は異様に輝いている。顔は浅黒く日焼けしていて頭は散切り風の五分刈りでどこから見ても現役の軍人に見える。高村は、『ああ日本軍の軍人だ』と感動さえしていた。

男は高村の前で敬礼をして、

「最終軍属は陸軍中野学校残置諜報の任に赴いておりました。帝国陸軍少尉、深草栄一郎であります」

と名乗った。

昭和四十八年九月　現在

権藤と脇田は、山谷の屋台に聞き込みに行こうとしていた。その時、権藤に小出と言う人から電話ですと安藤刑事が言った。小出所長からの連絡なら期待ができる。急いで電話口に出ると小出所長の弾んだ声が聞こえてきた。

「分かりましたよ」

「ハイ？」

「この間の玉鋼ね、あれは美濃の和鋼ですよ」

「美濃ですか、和鋼ですね」

「そう、岐阜の美濃ですよ。そこの関市」

「あの、刃物の町の関市ですか」

「そうそう、まさしく刃物の町だね。その津保川で獲れる砂鉄だと思うね」

「間違いありませんか。いや、失礼しました。確率と言う意味で、ハイ、その…」

「何をそんなに慌てているんですか、大丈夫、関市はなくならないし、和鋼も消えませんよ」

「ありがとうございます。それで先程からの和鋼と言うのは？」

「今、大きな製鉄所で作っているのは、輸入の鉄鉱石から作るもので、これを洋鋼と言ってるんですが、日本の砂鉄で作るのが和鋼。それを刃物に精錬したのが、玉鋼です」

「ハイ、ハイ分かります。美濃ですか」

「関市でも軍刀を作っていたんですね。でも否定するかもしれませんよ、あそこは、伝統で売っているからね…」

「本当にありがとうございました」

急いで電話を切ろうとする権藤に小出所長が言った。

「あっ！　関に行ったら遠山さんを訪ねると、いいと思いますよ。遠山千五郎さんは刀鍛冶の無形文化財の人です」

「無形？　何でしょうか、それは？」

「早い話が人間国宝ですよ。話はしておくから、訪ねたら何か分かるかもしれないね」

「遠山さんですね。分かりました。直ぐに出かけます。本当に助かりました」

権藤の興奮している様子に署内の連中が見ている。

「権藤さん、美濃の関市に何かあったんですか」

「ガイ者の体に残っていた鉄のかけらの産地だよ」

署内がざわめいた。課長も身を乗り出している。

「権藤君、それは間違いないのかね」

「これから脇田君と行ってよろしいでしょうか」

権藤と脇田は課長の返事を背中で聞きながら飛び出していた。

新幹線に飛び乗ったのは昼前だった。名古屋で降りて岐阜まで行き、岐阜から名鉄美濃町線に乗り継ぎ関市に着くのは五時になる。権藤たちにとって、超高速のひかりであってももどかしかった。それほど早く捜査の突破口が欲しかったのである。凶器の産地が割れるということは重大な意味を持つ。確実に真犯人に近づけるのだ。権藤は貧乏揺すりを止めない。脇田は少し権藤の気を紛らわそうと世間話を始めた。

「関市とスイスのジュラ地方は、その背景が似てますね。ご存じでしたか」

権藤は事件に関係あるのかと興味を持った。脇田はそれを否定して、

「いえ、これは世間話ですよ。つくまでの暇潰しにと思いまして…」

「そんなにイラついていたか。悪い悪い、少し落ちつこう。で、ジュラ何だっけ?」

「ええ、スイスのジュラ地方が何で時計の産地で有名になったかと言いますと、元々優秀

な鉄が採れた地方なんだそうです。だから剣や槍の産地だった。良い鉄は良い歯車を作る。それで今は、機械式腕時計の産地になっている。剣や槍は必要なくなりましたからね。でも今でもドイツの刃物はここの鉄鉱石で作っているみたいですよ」

「ホウ、よくそんなこと知ってるね」

権藤は本気で感心していた。

「この間、NHKのテレビでやってたんです」

「だろうな。刑事にしちゃ、教養があり過ぎるよ。だいたいジュラ地方と言ってもだ」

「そうです。何のことジュラ…なんて」

捜査が進み出したことで権藤と脇田は機嫌が良かった。

「脇田君、深草は陸軍だったよな」

「ニュースではそう言ってました。権藤さん、まだ深草にこだわっているんですか。深草は今回の事件とは多分関係ないですよ。軍刀と日本兵っていうことで権藤さんが引っかかっているんでしょうけど、僕は山谷の二人の方が、むしろ怪しいと思います」

「うん。確かに怪しいと俺も思う。分かった、凶器の目星がついたらその後、山谷に行くとするか」

「ハイ」

新幹線は定刻に名古屋に着いた。在来の東海道線に乗り替えて岐阜まで田園地帯を走る。西春日井あたりは、なぜか大阪の郊外に似ていた。大きな街と街の間の小さな集落、村には必ず鎮守の杜があって神社がある。それを起点のようにして村が拡がっている。中世のヨーロッパと同じだと権藤は思った。教会を中心に村が作られていく。列車が岐阜に近づくと、日本の中世が残っている土地へ向かっているという気分になるのは、歴史や読み物での既成概念だろうか。金華山を右手に見て岐阜市内へ入り、名鉄美濃町線に乗って岐阜市内を出る時もまた、金華山を見ながら出る。名鉄線は二輌連結だった。美濃へ近づくと、丘陵のような山が重なり合って見えて来る。夕陽が飛騨の高い山の向こう側へと落ちていく。美濃の関市は山あいの懐に抱かれている町で、関という町の名は、要衝という意味なのかもしれない。

「脇田君のいうジュラ地方も、こういう所かな」

「テレビで見た限りでは、似ていると思いますよ。この関市は、さしづめ『ラ・ショード・ホン』の町ですかね」

「フランス語が混ざってくると、俺たちの旅もどこかお洒落になってくるけど」

「実際はヨレヨレの捜査の旅ですね」

権藤も笑っている。

関市には定刻通り五時半に着いた。随分、遠くまで来たような気分もし、反対に東京の近くと言われれば、そんな気にもなる。

遠山家は関市から美濃市へ向かった笠神の近くにあった。小高い山の上だが、背後は杉林、その山裾を切り開いた平地に三つの作業小屋がコの字に建っていて、住居部分は、その平地の手前部分の建物である。タクシーで来た権藤と脇田を遠山家の人が住居部分の表で迎えてくれた。もう今日の作業は終わったのか、休憩中だったのか、作務衣のような作業着でいる。

権藤と脇田はタクシーを帰して、玄関に向かう。

「遠路はるばるようおいででした」

主人は老いている。主の千五郎氏であろう。だが偉人にありがちな尊大さはない。むしろ謙虚さがあり、表情には人生の厚みがにじみ、男としては美しい笑顔だった。権藤は自分もこんな風に年を重ねて生きて行きたいと思った。

「突然、おじゃまして申し訳ありません」

「さあ、どうぞ、どうぞ」

と二人を招じ入れてくれた。板の間に囲炉裏があり、その回りに座蒲団が敷かれていた。この部屋が客間なのだろう。そして千五郎氏自ら胡座をかく。客に気を遣わせまいとするこの人なりのもてなしなのかもしれない。三十前後の女性がお茶を出してくれた。

「うちの嫁です」

と紹介される。女性は無言で、しかし失礼のない歓迎の意を表わす笑顔で挨拶を返し物静かに出て行った。古き良き日本を見ているようだった。

「早速ですが」

「まあ、お茶でも飲みんしゃい。この辺りは時間がゆっくりと過ぎとります。まー時間はありますがな。急ぐと病になりますぞな」

千五郎氏はそう言うとゆっくりお茶を飲む。権藤と脇田も真似る。落ち着いて部屋の壁を見ると、千五郎氏の作品なのだろうか、刀が何振りも掛けられている。刀剣は芸術品だと聞いたが、見事なまでに叩かれ磨ぎ澄まされているのが、素人目にも良く分る。

「サテと、軍刀でしたな」

「ハイ」

「作りました。公にはしとりませんが、美濃出身の海軍のお偉い人に頼まれましてな、うちで四十振りくらいじゃろか」

「四十振りというと四十本ですか」

「そうですがな。当時、刀打てたのは家を入れて五人くらいじゃったろうか。だから、全部でも百本かそこらでしょうな」

「それを海軍に？」

「正式に納めたんじゃなかったと思います。まっ、帝国海軍に頑張ってください、みたいな納め方だったと覚えとります」

「非公式にということですか」

脇田が聞く。

「表向き、ワシらは軍刀は叩きませんので」

「ハァー」

権藤は理解した。この遠山千五郎氏は、日本刀しか作らない人なのだ。生まれて七十年この方。

「当時はそうも言うとられませんがな」

と笑う。

「物作りの人間ちゅうのは、皆そういうもんですがな、刀というのは、本来、人を切る物のはずなのに魂を込めて打てば打つほど、自分の創造ちゅうんですか。思い描いていた物に近づけば近づくほど、人の手に渡るなら、こちらも商売しとりますから、心持ちのよい人に渡ってほしい。刀は使い手の心が伝わりますから」

権藤は遠山氏の話に興味を持った。

「では、軍刀は？」

「ですから皆、内緒にしとります。軍刀を叩いたと知られたくない…と思うとります」

「理解できます。このことは口外しませんので」

権藤が約束をした。

「よろしくお願いします」

「ところで、これが例の刃こぼれの…」

「刃こぼれ？」

遠山は首を傾げて権藤の出したビニール袋の中のかけらを取り出す。じっと不思議そうに見て、

「相当、粗末に扱われたんですね。何十年も…ほったらかしでしたな。いくら気を込めて叩いてないと言っても、ここの刀は刃こぼれはしないもんですが…これは前にも人を斬っとりますな」

「え!!」

権藤と脇田が同時に声をあげた。

「相当、前のことでしょう」

と遠山は顔を上げて続ける。

「人の脂はよく落とさんと酸化します。人の血も錆びを呼ぶと聞いとりますが、特に脂は奇麗に取ってしまわんと、こうして刃こぼれを起こします…」

遠山老人は、まだ刃こぼれのかけらを見つめている。

「ここいらに和鋼の名残りがありますな、まことに残念ですが」

と溜め息をついた。

「あの、納めた相手の方ですが、どこのどなたか分かりませんか」

「残っていると思いますが…。千三郎!」

と叫ぶと、三十五歳ぐらいの青年が顔を出した。父親を若くしたような、やはり職人特

有の真っ直ぐさのある青年に見える。千三郎と呼ばれた青年は二人に挨拶をして、

「何ですか」

「台帳を持って来てくれ。昭和十年くらいからのでいい」

「ハイ」

青年はものの一分もしないうちに時代劇に出てくる商家の大福帳のような帳面を二冊持って来た。そして、直ぐに奥へ引っ込んで行った。

千五郎氏は、その台帳をめくっていって、

「安斎さんになっとりますな」

「安斎さん？」

と権藤。

「美濃の安斎一族の出身の人で、確か海軍の士官学校の責任者やっとったと思います。当時、安斎さんやったらしょがないかってことになったんです」

「海軍士官学校の責任者ですか」

「ええ、呉から戻って来とる時の話です」

「呉？　瀬戸内海の呉ですか」

「あのあたりに海軍の大きな基地があったと聞いとります」

権藤は、もう呉に行く気だった。参考にと蹈鞴も見せて貰ったが、上の空だった。お礼もそこそこに、辞去しかけた時、

「あの…もし、この刃のかけらが…」

と遠山氏が言うのを先取りして、

「分かっています。捜査の内側でのことです。犯人が分かっても世間には、軍刀の話は伏せますから」

「ありがとうございます。あっ、それから権藤さんとおっしゃいましたね」

「ハイ」

「あなたも軍隊経験がおありですな」

「ええ、どうしてですか」

「そういう顔をしとられます」

「人を殺したような？」

遠山は笑って手を振り、

「武《ぶ》です、武。分かりますか。それを内に収めた人の顔です」

遠山は何を思ったか、固辞する権藤に小刀を手渡す。可愛がってやってくださいと言って、権藤は深く頭を下げて、小刀を皮の鞄に入れた。

七時半には、権藤と脇田は関市の駅前に戻っていた。駅近くの喫茶店に入った。「刃物の町ですね。刃物屋があっちこっちにありますね」

脇田は感心していた。家内の土産にと、ちゃっかり包丁を買っていた。もちろん、今までの報告を署にしておくことも忘れない。

「サテ、権藤さん、どうします」

「今から名古屋に戻っても、最終の新幹線に間に合わないだろうね。今夜はここに泊まって行くか」

「賛成!! それが良いと思いますね。どのみち権藤さんは呉に行くつもりなんでしょう」

「うん。ここで作られた刀が誰に渡っているか知りたいね。もう資料なんて残っていないとは思うが」

「でも、行ってみる価値はありますよ」

「課長は無駄遣いだって言うだろうが…どこか理工科系のような思考だな敵さんは」

「遠山さんのような老人を何と思うんでしょうね」

「まったく興味ないだろうな。職人の人生や芸に生きる人を馬鹿にしているんだろう」

「…」

脇田は黙って聞いているが、そうかもしれないという表情をしている。

「戦前も戦後もああいう奴が日本をおかしくして行ったと思う。同じ人間のはずなんだが、花鳥風月を愛でても食う足しにならんと必ず言う。人の考え方、生き様なんて唾吐きかけるだろうね」

「どこが違うんでしょうか」

「幼児体験と言うか、思春期だと思うな…。これは寺田警部が言ってたんだが、若い連中の犯罪率が、男子校や女子校出身の方が多いような気がするって…」

「共学じゃなくということですか」

「うん。異性の目が気になる時に、異性の目がない。異性と話をしてみたいと感じて会話の仕方や人間関係のあり方を自然に覚えることだってあるだろう？　その上、公平な競争もなしにエスカレーター式で上にあがる。時々機械のような人間が、できてしまうらしい。人とちゃんとつき合えないそうだよ」

「寺田警部は刑事としての経験からそうおっしゃってるんでしょうか」

「うん、だと思う」

「今度の斎藤殺しね。どうもそんな所も動機に隠されているような気がするんだ」

「機械人間と感性人間の戦いですか」

「う～ん、どう言ったらいいいか。生きて行く方法と言うか、考え方と言うか、大袈裟に言えば哲学と言うかね」

「犯罪に哲学ですか」

「その大きなのが、戦争だよ」

脇田は大きく頷いている。

「続きは飯を食ってからにしようか」

「じゃ、近くのビジネスホテル予約してきます。権藤さんは、ここで待っていてください」

脇田はそう言うと飛び出して行った。気がつく男だ。気が利くと言い直した方が、適当かもしれない。気が利くということは、人の気持ちを和ませる。

脇田が戻って来ると二人は喫茶店を出て食堂を捜した。駅前の商店街から一歩中に入った所で『味噌カツ』という看板を見つける。権藤と脇田は顔を見合わせて笑った。中へ入ると店は込み合う時間をとっくに過ぎていて空いていた。

「味噌カツとは食欲をそそるね」

「名古屋の味噌カツと同じなんでしょうか」

「食べたことあるか」

「いえ、ないです。味噌カツも天むすも」

二人は味噌カツを注文した。権藤はなかなかいけるを繰り返して食べている。脇田には、少し味が濃く感じられたが、不味《まず》くはない。カツを突きながら、

「さっきの話ですが、今度の斎藤殺し…思想が絡んでると思っているんですか」

「いや、思想じゃない。時代の軋轢と言うのかな…軍刀で殺されたことに何かのメッセージを感じるんだ」

「メッセージですか」

「過去の亡霊とかそういうものじゃなくて精神的な何かで、斎藤を抹殺してしまった。だから凶器に敢えて刀を選んだ」

「刀にそれ程の意味がありますか」

「あると思う」

いつの間にか味噌カツを平らげていた。

ホテルに着くと脇田は気を利かして贅沢ではあったがシングルの部屋を二つ予約していた。

「経費で落ちるかね」

「大丈夫です。今夜は良く寝てください。気をつけて呉に行ってください。クレグレもですよ!!」

若者らしい駄じゃれを言って自分の部屋に引き上げた。

翌日早く、権藤と脇田は名古屋に出て、東京と広島に別れた。

昭和四十八年一月

斎藤は驚きの連続だった。その展開の早さにただただ目を見張るだけだった。予定より一ヶ月以上も早くマリンドーケ島で騒ぎが起こった。マニラ発で旧日本兵が発見されたというニュースが飛び込んできた時、自分が仕組んでいながら、飲みかけたビールをこぼし

て…、

「アイツ等、何でいうことを聞かない。計画が潰れるじゃねえか!!」

無意識にそう叫んでいた。

その情報にも驚かされた。発見された日本兵は一人だけ、しかも西条でも松浦でもない別人だった。一瞬そう思った。中継されているテレビを食い入るように見た。深草と名乗っている。だが西条とは別人だ。いや、西条だった。しかし別人に見える。それほど西条の容貌は激変していた。髪はほとんど真っ白、しかも五分刈り、顔はどう見ても同じ人間と思えないほど引き締まっている。日に焼けて顔色も黒い。眼光にも野生動物のような鋭さがある。山谷で逢った西条とは印象から姿勢までまるで違っていた。

「裏切りやがった。この野郎!!」

斎藤はテレビにコップを投げつけ毒づいた。かと言って、今は手が出せない。接触を図ることすらできない。ＶＩＰ中のＶＩＰのように扱われている。

「あの野郎、独り占めする気だな。何もかも!!　絶対そうはさせねえぞ!!　何の為に俺が金を注ぎ込んで準備したと思っていやがる。一人英雄になりやがって!!　松浦はどうした、松浦は!!」

ニュースはもう一人いた日本兵は現地で起きた銃撃戦で死亡したと続けた。

「馬鹿野郎!!」

斎藤は考える。西条が日本に帰ってきたら必ず接触をし、金の半分はどんなことをしてもせしめなければならない。脅すだけ脅して吐き出させる。斎藤の怒りは頂点に達していた。

昭和四十八年九月　現在

呉についたのは昼過ぎだった。九月の瀬戸内は残暑がきつかった。上着を脱いでもまだ汗がしたたり落ちる。港に出て権藤はその威容に驚いた。護衛艦が並んでいる。海上自衛隊の基地が目の前にある。戦後、完膚なきまでに叩かれたはずの海軍が蘇っている。権藤は改めて日本の復興力に驚いていた。近隣の諸国は警戒するはずだ。専守防衛にはなっていても、これは傍から見れば立派な軍隊だと思った。ただ当時のような軍事至上主義的な雰囲気はない。立ち入り禁止の場所も少なかった。その気になれば護衛艦にそのまま乗れそうな気楽さがあった。

権藤は、居並ぶ自衛艦を見ながら、呉という町は、単にその設備を受け継いだだけでなく、物理的にも地理的にも海軍の基地としては貴重な場所なのだろうと思った。かつての士官学校なんて跡形もない。まだ海軍だった当時の資料なんて残っていないのだろうか、海上自衛隊も警察はやっかい者扱いするかもしれない。さすがの権藤も途方に暮れた。

手がかりはどこを手繰《たぐ》ればいいのか、中央突破を試みるしかない。それで駄目なら外堀を埋めるとしよう。権藤は海上自衛隊の基地の門をくぐった。

受付がある。そのまま何の小細工もなしに訪問の趣旨を告げた。広報の担当官が直ぐにでてきて、こちらの身分を提示してあるので丁寧な対応だった。

旧海軍の資料はそのまま資料館に残っている。誰でも閲覧できるし、当時の士官学校の資料も保管されているはずだと言う。何が知りたいのかの問いに昭和十七年十八年位の卒業生の名簿が見たいと伝える。何か事件に関係あるのかと柔らかく聞いてきた。直接の関係はまったくないのですがと答えると資料館の位置を教えてくれた。権藤は礼をのべ、旧海軍の資料館に向かった。その建物は海上自衛隊の敷地内にあった。

資料館は公道と接していて誰でも自由に入ることができた。ただ、閲覧室に置いていない資料については身分の証明が必要だった。

目的の資料は倉庫に保管されていた。身分と目的、警察手帳を提示すると昭和十七年、十八年頃の士官学校の卒業名簿が、権藤の前に置かれた。関市の遠山氏の台帳では、昭和十七年、十八年に軍刀を納めている。その年の士官学校卒業生は三百名を超えていた。権藤は名簿に書かれている出身地と氏名をすべて写す覚悟で床に座り込んだ。そんな権藤を見かねたのか職員が遠慮がちに声をかけてきた。

「導入したばかりのコピー機を使っていただいても構わないんですが…コピー一枚につき百二十円かかってしまうんで、三百名の名簿の書かれたページ六枚のコピー代に七百二十円もかかってしまいますけど…もしよかったら…」

申し訳なさそうな職員に是非にと頼み込んで、数分後には六枚のコピーされた名簿を手にしていた。

帰りの新幹線の中で卒業名簿に目を通す。昭和十七年度の卒業生の中に、斎藤の名前がある。しかも出身地は東京の江東区になっている。この斎藤は、はたして殺された斎藤と繋がりがあるのだろうか…？　ある…きっとある。権藤の第六感はどうしてもそう主張していた。

武村は長谷川氏の説明で満足した訳ではなかった。不満は仕事でも多い。第二次世界大戦の傷痍軍人の等級決めや、原爆後遺症の認定問題にしても、チェックするのは嫌だった。問題を抱え、それが仮に本当に大戦での被害でなくてもいいじゃないかという気分になってしまうのである。等級を上げる為に嘘をつくはずもなく、長年、後遺症で悩んでいる人たちを物差しで計るように線を引く作業は、人間としてつらい、できれば無条件に全部認めてしまいたい。役人は、それをしたがらない。なぜなら責任査定が恐いからだった。

武村のミスは、武村だけのミスにしておかねばならない。ひとつ上の係長におよぶことは万が一にもあってはならないことなのだ。

だからといって、年間わずかの補償金を増やすことに詐欺行為まで働くだろうか、先ず疑ってかかる自分の部署に情けないものを感じずにいられない。ただ、今回の深草の場合は逆だ。上層部の安直な判断は別のところにその要因がある。武村にしてみれば、今までのどこの申請よりも灰色なのだ。深草の軍歴も不可解なら、彼の出現の仕方も不可解だった。普段なら、その不可解な部分の調査を命じてくるはずのトップは、何か後ろめたいようにさっさと認めてしまった。今の武村には意地が働いていた。オフィシャルにはそれでいい。だが個人的な感情から、今回の深草の発見劇は自分の納得のいく範囲まで調べてみようと思っていた。

その武村に長谷川新造氏から連絡が入ったのである。フィリピンに軍の宣伝活動で渡り、生還した男がいるが興味あるかと、名は細野潤三氏、大正五年の生まれだと言う。深草より六歳上ということになる。

長谷川と細野は、千歳船橋の駅から商店街を千歳台高校の方へ歩いて五分くらいの所にある喫茶店で武村を待っていた。日曜日に、近所の老人たちが香りの良いコーヒーを飲みに集まる、いわゆるコーヒーの専門店のような店だった。案の定、長谷川と細野は美味しそうにコーヒーを飲んでいた。武村が待たせて申し訳ないと切り出す。

「いやいや、私たちが早くつきすぎたんです。ここのコーヒーは、私たちの楽しみでして」

「じじいの井戸端会議の場所ですよ」

と細野は笑う。

「不思議なもんでしてね。復員して来た連中というのは、どうもこのコーヒーって奴が好きでしてね、ホラ、日比谷の喫茶店のブームを作ったのも、元は特攻の生き残り連中だったりしましてね」

「ま、今の住宅は縁側もありませんし、米と煎餅の世界を捨てる為にコーヒーとケーキに夢中になったりしてね」

また、細野が笑う。

「で、私に何か聞きたいことがあるそうですね」

「ハイ、戦時中のことですか。聞いてもかまいませんか」

「フィリピンのことですな」

「ハイ、そうです」

「何が知りたいんです」

「単刀直入に聞きます。昭和十九年の十二月以降、スパイ活動の為にフィリピンに渡った人はいるかということです」

「いないと思います」

「え!! しかし…」

「深草君の件でしょう。深草君はリオン峠で戦死したと聞いております、私は…」

「そ、それは本当ですか」

「分かりません。レイテのリオン峠の決戦で生き残って、マリンドーケ島に渡ったのかもしれませんが…」

「しかしですね」

と武村は資料を出して見る。

「中野学校を終えて…十二月…」

「私の場合は陸軍の宣伝班にいましてね、そこへ編入したのが昭和十六年です。それまで満州にいたんですが、急に台湾へ行けと」

「宣伝班と残置諜報の任は違うんですか」

「違います。宣伝班は、いわゆる事前の攪乱作業です。ただ、共通しているのは命令書がなかったことでしょうね。私たちにももちろん、何もありませんでした。それと任地についても詳しいことは教えてもらえませんでした。だから、フィリピンのことについて調べたのは輸送船の中でした」

「言葉は?」

「全然。第一、タガログ語なんて言葉があったことも知らなかったんです」

「で、ラモン湾上陸部隊に合流されたんですよね」

「ハイ」

「で、深草さんの場合なんですが」

「結局は遊撃指揮、残置諜報の活動と言ってもスパイですから、私が思うには、その痕跡を消してしまう必要があります。だから、書類上と言うか、表向きは戦死したことにしてしまったのかもしれません」

「表向きですか」

　武村は何か心に引っかかってきて動けなかった。表向きではなくて、本当に戦死していたら…今、自分が担当している深草少尉は深草少尉でなくなる可能性もある。しかし、誰も好んで、人の経歴を語る必要もないし、何十年間もそんな苦労を替わりにする必要もない。武村は、ハッとした。何十年もと考えることが間違っているのでは…しかし自分の考えの飛躍が度を越え過ぎていると思い自ら否定していた。

「ということはですね。はっきりしている軍歴から以降のことは自己申請を信じるしかないんですね」

「まっ、そんなことまで嘘の報告をする必要はないでしょうな。国からたんまり補償金でももらえるなら別ですが」

「え!!」

「冗談ですよ。年寄りの冗談」

武村も苦笑していた。不可能だ。人とスリ替わることなどできるはずがない。証人、証言が山ほどある。それとも何か方法はあるのだろうか。

武村が黙り込んでいると
「武村さんはどうしてそんなに深草君のことにこだわるんですか」

長谷川老人が質問してきた。

「いや、こだわるってことではないんですが、実は私は雑誌社の人間ではありません」

長谷川と細野は分っているというようにうなずく。

「武村は本名です。で、私は厚生省の人間なのです。あっ、誤解しないでください。これは役人としての仕事ではありません。あくまでも私個人の問題なんです」

「個人の問題？」

長谷川が不審そうにしている。

「ええ、個人の問題なんです。聞いていただけますか」

「ええ、聞かせてください」

細野が武村の分までコーヒーのお替わりを注文した。

モーツァルトの曲が流れている。日曜日の朝らしく静かな店内に合わせて武村も静かに語り出した。

「私の部署は、人を疑って見るところなんです」

「疑ってですか」

「ハイ。査定をする部署なんです。傷痍軍人の等級査定や広島、長崎の…。いずれにしても、先の大戦での事柄に何らかの等級をつけるんです。えー嫌な仕事です。書類の不備にまで文句を言います。まるでその方々が誤魔化しているかのように扱うこともあります。それが嫌で、もし大まかに認めてしまうと、上から叱られます。税金を使っているんだから厳しくしなければならない、二言目には大切な税金、大切な税金と、何かにつけて言われます。もちろんそれは分かっているんですが、しかし税金は偉い人の飲み食いの為に使うものではなく、こういう補償にこそ使うものだ等と正論を吐いた次の日、山の上の出張所に飛ばされたりします」

「本当ですか」

「本当です。役所というところは上が絶対正しいんです。あっ、すいません。仕事の愚痴を言うつもりはありませんでした。本題に戻します。今回の深草さんの件について何でこだわるかと言いますとね。今までと違うんです。上の態度が」

「今までと違う」

「ええ、とにかく早く処理しよう、早く処理してしまおうとするのです。他の案件なら、もう徹底的に捜査します。ですから、今回も同じようにしようとしたら、雷が落ちるんです。どう言えばいいのかな、生きた英霊に何をケチつけるのかって具合なんです。生きた英霊と言えば長谷川さんたちもそうですし、この間来た、肩に手榴弾の破片が残っていた人もそうです。その人には想定通りの答えをして、半ば追い返すかのように扱っておきながら、今回は腫れものでも触るかのように……。

しかしですよ、扱う窓口は私一人なんです。自分で納得いかないんです。何も深草さんがインチキしたとか、その補償金をケチするとか、そんな気持ちではないんです。本当のことが知りたいんです。いったい、今から二十九年前、日本に何が起きていたのか、どうしても知りたいんです」

長谷川と細野は時々、コーヒーを飲んで聞いている。だが目は真剣だ。

「何人も何人も、大戦と何らかの関わりのある人が窓口に来ます。ほとんどの方は正直に生きていらっしゃいます。どうも変だという場合はすぐに分かるんです。勘なんですけど、とても嫌な勘です。今回は方向の違う勘なんです。トップのまったく雲の上のあたりの態度が変なんです。なぜなのか知りたいんです。いったい、今の日本のトップにいる人たちが何を恐れ、なぜ、早くフタをしてしまおうとしているのか」

「武村さんの罪滅ぼしですか」

武村は照れて、

「そこまでは…でもね長谷川さん、本当に何かが変なんです。どう言えばいいのかな」

「あの戦争が何か変だったのかもしれませんよ」

「確かに深草さんは補償金を全額寄付すると発表されました、ですが…」

「何を知れば納得するんですか、もしもですよ。もしもあなたが想像していたことが真実だとして、それを知っても仕方のないことでしょう」

「長谷川さんたちは許せますか」

「ハイ、金が目的でないなら許せます」

「事実は…」

「事実は、そういう色々な意味のもちろん肉体面だけじゃなく、戦後の復員してきた人たち全員の精神面でも放っておくから、こういうことが起きる。二十九年も戦ってしまったにしろ、その身代わりになって戻って来たにしろ、どっちにしても不幸なことだ」

長谷川は言い切った。そう、この国は、全部いい加減に処理してしまった。

戦後の教育を受けた人は、自らが命を賭けることまでいい加減に処理してきた。そして今、日本中が刃をノドに突き刺されたような状況に陥っている。

昭和四十八年三月

雑誌社の仕事をしていてその名刺が役に立った。国立病院での深草の記者会見に紛れ込めた。別段これといって社会的な背景のある事件でなく、むしろ国民的な英雄として迎えられている人物なので、会見の席は温かいムードこそあっても緊張した雰囲気ではなかった。だから名刺一枚で記者会見場に入れたのだ。

斎藤は目立たない紺色のスーツでいた。会場は物凄い数の報道陣とカメラマンの列、テレビカメラも数え切れないくらい準備されていた。フラッシュの洪水に迎えられて深草が登場した。

支給された物だろう、ニットのシャツにブレザーを着ている。発見された時よりも端正になっているが相変わらず眼光は鋭く、頬はこけている。髪も白く短い、どこから見ても西条の面影はない。良く変身したものだ。いったいどこからこの変貌はきているのか、ひょっとして彼は西条ではなく本当の深草なのかもしれない。斎藤も錯覚を覚えている。

記者の質問が始まった。代表形式をとっている。

『発見された時、どんな気持ちでしたか』

「恥ずかしくありました」

声まで違う。西条の世を捨てたような投げやりなトーンではない。何といえばいいのだろうか…低いが通る声だ。

『恥ずかしいとは、どうしてですか』

「自分は、二十九年目にして戦いを捨てたわけであります。一人生き長らえてしまいました。任務を解かれたわけでもなく、出てきたのです」

この男は深草に成ってしまっている。斎藤はメモをしながらもう一度深草を凝視した。

『日本はとっくに負けていたんです。それに軍隊もなくなっているんですよ』

「現実はそのようであります。ただ…」

一同は「ただ」の次の言葉を持つ、少しの間、沈黙があって、

「自分の戦友は、日本の勝ち負けに関係なく死んで行きました。彼らは、戦局や事情に関係なく戦って死んだんです。自分の任務は生きて帰って来ることではありません」

『では、どうして』

「友や仲間の為に生きて行くことにしたのであります。命令でなく」

詭弁だと斎藤は思った。そんな言葉は戦後三十年近くジャングルの中にいては思いつくはずがないとも思った。戦後の犠牲になった自分の生活が根底にあるからだと思った。斎藤は危うく質問しそうになっていた。

代わりに軍隊経験のない若い記者が質問していた。

『今の日本をご覧になってどう思われましたか』

「日本は美しい国です。帰りの飛行機から富士が見えました。緑の山々も見えました。日本人は戦いに勝ったのだと思ったくらいです。いえ、戦いに負けて戦争には勝ったのかもしれないと」

ここで記者たちは驚きの声を上げる。

『今まで戦わせて、戦争の犠牲になられて、日本の政府に何か求めていることはありますか』

金の話が出てくるかと思い、斎藤は顔を上げた。

「いえ、何も求めません」

『補償金とか』

「いえ、今一度、日本の山々、小川、日本の空が見られるだけで自分は幸せです。補償は寄付します」

会場にどよめきが起こった。

『しかし、お金がないとですね』

「自分はお金で戦争に行ったのではありません。この美しい国を守る為に赴いたのです。今、こうして見ると、それらは守られたようです。日本国は守られたのです」

激情しているらしく目尻が痙攣している。それがもっと西条を深草らしくしていた。

『しかし、当時の日本はあなたたちを意味のない戦いに向かわせた』

「当時の軍人たちは、自分たちのような一兵卒は、戦争は意味のないこととは、薄々ですが知っておりました。しかし純粋に日本国を守る為に戦いに行ったのであります。自分たちの肉体や血は、この国の土地から作られたのであります。この国にお返ししても何の後悔もありません。この日本国が美しく、豊かに残って行くのであるなら。そう思っておりました。自分は今もそう思っております」

　奇妙な静けさが会場を覆った。若い記者や大半の者は初めて聞く言葉だったのだろう。白けると言うのとも違う、かと言って感動でもない。信じる者と信じない者との違いのような。

「自分は」

　深草は言葉を続けた。

「自分の精神は三十年前で止まっているようであります。できることでありますなら、三十年前のままでいたいのであります。もしそれが無理でありますなら、三十年前からやり直させていただきたいのであります」

　西条の本音はここにあったのか、斎藤は西条の企みが最初からここにあったのだと気がついた。西条は、あの山谷の戦後の二十九年間を捨てたいのだ。日本に復員した時から、もう一度やり直したいのだ。

　この記者会見は社会に大きな反響を呼んだ。二十歳そこそこの若者をこのような精神構造にした軍国主義とは何だったのかと。当時の為政者は青年の心理を知り尽くした上で操作していたのだと。だが、深草のような考えが行きつくところで日本を救ったのも事実なのだ。

斎藤は深草の身勝手さに怒りを覚えた。深草としての人生をあの西条にやり直させる為に自分は準備して計画し、資金まで投入したのではないと思い知らさねばならない。

斎藤は会見が終わった時、他の者と同じように深草と握手した。

「友人と言われる方から手紙を預かって来ました」

と封筒を渡す。深草は斎藤を見たが、西条の目ではすでにない。時空を超えたような感じで見て黙って受け取った。

会見から一週間経っていた。今日果たして深草は呼びだしに応じるだろうか。約束の時間にまだ余裕はあったが、斎藤は出かける準備をしだした。米軍の払い下げの黄色のパイロットジャケットを手にしたが、ブレザーに変えた。革の厚いパイロットジャケットをこの時身に着けていたら命を落とすこともなかったかもしれない事実を斎藤は最期まで気づくことはなかった。

早い春はジャケットスタイルで充分だった。新大久保駅を降りて山手線沿いに歩くと、大久保通りに出る前にその甘い香りはしてきた。人工のフルーツの香りだ。西条と逢うには何故かふさわしい場所のような気がする。山手線の土手と工場に挟まれた路地は暗かった。外燈も真ん中あたりに一つ点いているだけだ。電車が通る時だけ付近は明るくなるが、路地は五メートルほど下に位置するため、光は届かない。斎藤は外燈の手前に立って待つことにした。西条が来た時に逆光になるとは計算していない。

煙草の煙を春風にくゆらせて二十分ばかり経っただろうか、西条は来ない。すべての約束事を反故にするつもりだなとあきらめてその場を立ち去ろうとした時、外燈の下に人影があった。ずっとそこに立っていたのか、気配を殺して立っている。西条に間違いない。いや風貌は深草だ。

「西条か」

返事はない。人影は動こうともしない。

「すっかり英雄だな。何もかも思う通りに運んだな。アンタは富と名声を手に入れた」

それでも人影は動こうともしない。逆光になっているため、表情の確認はできない。

「一人だけ、悦に入って深草に成りきっているようだな、ええ。まったくうまく計画通りに運んだ。見事だよ。我ながら感心したね。補償金を寄付するとアンタが馬鹿なことを言い出した以外はね」

人影が少し揺れた。

「どうした。何故黙ってる。金はいらないってか。馬鹿！　山谷の日雇い人夫。お前本気で生きた英霊になれると思ってんのか」

黙っていた人影が始めて口を開く。

「貴様には理解できない」

「何を言ってやがる。西条、お前本気で深草になってるつもりか。ええ、おい！　戦後三十年近く経っていて、まさか軍人魂って奴を俺に説くつもりじゃないだろうな。笑わすなって！」

「貴様のような奴が国を腐らせていく」

「ホウ、ごたいそうに。世捨て人だったお前が、今は国を語るか」

「…………」

と人影が音もなく前に揺れた。一瞬細く長い黒い影が現れた。その影が左右に割れ、外燈の明かりを反射して何かがキラッと光った時、刀は斎藤の胸を貫いていた。

斎藤は何が起こったのか理解できなかった。

「ウッ…西条、お前、何を…」

そこで斎藤の膝は折れていた。

人影は手慣れた動作で刀を抜き鞘に戻すとその場を音も無く立ち去った。

健康診断の結果はすべて良好な結果だった。後はいつ退院してもよく、本人の希望次第ということになっている。重病患者でもなく、英雄扱いなので院内も自由で本人が望めば外出もできる。しかし西条は自重していた。先日の夜間の外出は特に気づかれたくなかったのでほとんど物静かな患者で通していた。読書と院内の散歩と著作らしき作業、いかにも旧陸軍の将校としてのインテリジェンスの存在する人物として振舞っていた。

そんな日課にも訣別しなければならない日は近づいていた。この国立病院に留まる理由がなくなるからである。

日一日と深草に同化していくのだが、その反面、最近、夢の中でも昼の幻でもやたらと故郷の津賀あたりの光景が浮かぶ。それも古い映像のように自分の少年時代の夏の光景が思い出されて仕方がないのだ。

理由は分からないが、深草になりきるために、西条であった頃の一番鮮烈な出来事を、今、もう一度思い起こして、そして閉じ込めるための作業なのかもしれない。二度と人前に現れる事のない西条個人の残像を消すため…あるいはその出来事を心の奥底に記憶した上での、これからの深草としての人物を生きさせるため…いずれであるか西条自身判別できなかった。

日本最期の清流と言われる四万十川は四十年前はもっと美しかった。土佐湾に面する田野浦あたりでは日本カワウソも見かけられたという。西条の育った四万十川上流、川の呼び名が、目黒川と地元では呼ばれているあたりは、その夏の緑の輝きと川の薄い水色と白い雲はまるで絵日記の中のような色どりだった。

四万十川の支流目黒川の川沿いの道を西へ向かう、左手に千百六メートルの大黒山が見える。夕陽はその山に落ちていく。川沿いにクローバーの葉の形のように田んぼが広がり、その終点近くに村が存在する。村といっても急激に過疎化が進みだしていて、各村とも住人は百人がいいところだ。戦争の嵐は海を隔てた四国のそのまた山奥にも届き出していた。軍国の風潮は、山分校にも影響を与え、教師と交番の巡査は威張り散らしていた。それ以外は川の美しさと森の豊かさ、そして南国の暑さは子供たちにとって天国だった。二毛作で忙しい親たちは、皆陽気で酒飲みで、性にもおおらかだった。東北の寒村のような過酷さはなかった。ただ西条の家は、そんな村人から少し疎んじられていた。住居も村から一キロくらい離れたところに位置し、村人との往来も少ない。その訳を尋常小学校高等学年になって知ることとなった。

父親はよく酒を飲み、よく働き、体の色も黒く日焼けしてたくましかった。そして容貌も…子供心ながら自慢の父親だった。比例して母親も物静かで品があり、群を抜いた美しさだった。だが、この母親の出生地が原因で村人たちから疎遠に扱われていた。

父親は本来、その村の出身で、親類縁者も多数いたが、結婚を反対され、強引に押し切ったことが今の生活の原因になっていた。道行く人々も挨拶するのも空々しい、西条も学校では時々仲間外れになることがあった。いつも村の実力者の子供が、言い出して西条を除け者にした。それがなぜなのか理解していなかったが、母親の出生地の地名を出されて子供心に薄々、世間の実態を気づき出していた。

疑問に感じたことは、そこまでの仕打ちを両親が受けているにも関わらず、この地を抜け出そうともせず、ただただ黙々と二人で働くだけなのだ。西条は、いつかこの地を出て行こう、教科書で見た都会へ行ってみようと決めていた。

村の鎮守の杜の裏手。小高い山の裾に泉谷と呼ばれる湧水の場所があった。直径五十メートルくらいの池のようだが水は澄んでいた。子供たちの夏場の天然のプールだ。西条はそこで皆と泳ぐことは許された。西条が泳ぎが天才のように上手《うま》かったからだ。西条は子供たちの間で泉谷では英雄だった。村の有力者の息子も、意地の悪い地主の娘も、同情的な可愛い子も、ここでの西条には一目も二目も置いていた。大人の世界の偏見もこの子供の世界には入ってきていなかった。夏になると、だから西条は毎日、この泉谷に通った。そしてさらに水泳の上達を目指した。昭和十年の夏、西条が十歳の夏、燃えるような猛暑が続いていた。泉谷の岸に水利用のために作られた堤防の上から、その日も西条は飛び込みの練習をしていた。何本目かの飛び込みを子供たちの熱い視線を受けながら成功させ岸に上がろうとした時、同級生の吾郎が大声を上げて走って来た。西条の名前を呼び続けている。異変が起こったことはすぐに理解できた。

「徹！　徹！」

吾郎は血相変えて泉谷の岸まで飛んで来る。水から顔を上げた西条はまだ吾郎の精神状態と差がある声で、

「どないしちゃん、吾郎ちゃん」

「はよ水から出んかい。何しちょる。早よ出んかい」

「何いたん」

「おまんちの父ちゃんが、早よせんか」

「父ちゃんがどないしちゃん。何じゃ」

「おまんちの父ちゃんが畑で倒れたけ、ほんでみんな集まっとる」

それだけ聞くと西条は濡れた体も拭かずに家に向かって全力で走り出した。

家の前には人が集まっている。母は見えない。西条は囲んで見ている村人をかきわけて家に飛び込んだが、その場の空気で父は絶望だとわかった。

父にすがって泣いていた母親は、西条を見るなり彼を抱きしめて再び泣き崩れた。西条と母親の悲しみをまるで絵空事のように、村人たちは葬儀の準備を段取りよく進めて行く。村人たちは母親に見舞いの言葉一つかけずに西条にだけ声をかけて行く。この人たちはいったいどこまで母を苦しめれば気が済むのだろうか。何より母の存在そのものが気に入らないのだろう。その視線は腐った西瓜を見ているようだった。その実、若い村人は、母の美貌を盗み見ている。西条は不遜にも悲しむ母を今までで一番美しいと思った。

慌ただしく葬儀を済ませると、決して広くないはずの農家式の住居は母子二人にとっては広すぎるように感じた。名ばかりの縁側は次の日も夏の太陽に照らされていて、向日葵はその強い日差しにに向かって咲き誇っていた。不思議と父が死んだ次の日、暑さをまったく感じなかった。母も同様で汗一つかいていない。家のあちらこちらに父の匂いが残っている。西条はこの村もこの家も捨てたかった。

「母ちゃん。ここ出よ」

母は、黙って笑っている。

「父ちゃんおらんし、こんなとこ出よう」

母はじっと西条を見て、無言で首を振る。

「どないしてや、何でや。こんなとこおっても始まらんぜや」

母は立ち上がって台所へ向かう。西条には理解できない。こんなにもつらい思いをさせられるこの村に何の執着があるのだろう。何に対する意地なのか、それが、この山奥の土佐の母の生き方だとでもいうのか。西条は母の姿を目で追うのを止め、濃い緑に輝く外に目を向けた。その途端、それまでまったく聞こえなかったセミの鳴き声がザァーと音の洪水のように聞こえだした。

翌日から母は一人で野良仕事をしだした。自分も手伝うと言うと学校へ行けと強く拒んだ。学校へ行け。テッペンの学校まで行け。そうすれば、私の子だって幸福になれると泣きながら言う。母の強い意志に負け、西条は母の言うことを聞くことにした。

夏休みの間、畑仕事を手伝い、九月からはまた、授業を受けだしていた。

秋も深まり出すと二人っきりの静寂が嫌なのか、静かな母が冗舌になり出した。夜、宿題を済ませると居間に呼ぶ、西条も母の話の聞き役を演じた。母の話はその生い立ちと母の出生の話だ。

先ず日々何故、村人から白い目で見られるか話し出した。その時気づいたのだが、母の口調には、古い日本語のようなものが入っていた。今で言う京都弁のような言葉だった。

「徹、私の郷里どこか知っちょるよね」

「いいんや」

「目黒峠の向こうや」

「………」

西条は黙っていた。

「村の人の姓が全部、手稲ちゅうて…徹ももう少し大人になると分かると思うけん、平家の落人の村と言われとったんよ。それはホンマのことや」

「それがどないしちゃん。平家やったら偉いやん」

母は静かに寂しそうにそして優しく笑った。

「私が聞いた話や。平家が壇之浦で滅んだと言われているけど、実際のその頃の戦は大将が死ぬとほとんど逃げるか降参したんやて」

「情けないやっちゃな」

二人はここで声を出して笑った。

「そんで手稲の一族は全員、寄り添って四国へ渡って、途中の村々の人には都の着物やら葛桶やら小刀等を売って、山の一番奥の小さな盆地に逃げ込んだんや」

西条は母の話に興味を示した。

「昔やろ」

「せや、うんと昔や。八百年か、そこら前の話や」

「八百年？」

「それから、八十人くらいの家族で炭を焼き、野菜を作って鶏も飼い、ひっそりどこの村とも連絡もせんで暮らし続けてきたんや」

「そんなことできんの」

「できたんや。近くに猟師が来ても鬼の面をつけて夜、脅しに行ったりしてな…とにかくそのあたりは化けものが出るような噂を立ててな」

「それが何で皆に嫌われなあかんのや」

「徹、血族結婚って分かるか」

「分からへん」

「親戚同士で結婚することや。従兄弟や叔父さんや叔母さんに当たる人とや」

「好きやったらええやん」

「それがあかんのや。人間はな血が濃うなったらあかんのや」

「何でや、血が濃いってええことじゃろ」

母は首を振る。

「あかんのや、私らは、平家の人間や。それが知られるとすぐに一族全滅と思ってたんよ。何百年もの間な、その間に世の中変わっていたのも知らんかった。そして何百年も血族結婚を繰り返してしもうたんや」

西条は口を挟まなくなっていた。

「徹、血が濃くなると病気が出るんや。病気の原因も濃うなるんや」

「他の所の人と一緒になればええやんか」

「平家やで、知れたら終わりやろ。確かにな百年かそこらで出て行けばよかったんや。そやけど、外の世界と関係ないようにしてるからな、いつまでも源氏が恐いもんや。そやそや何で村の人が私を嫌うかやな。それは病気の元を持っている思うてるんや」

「母ちゃんは何ともあれへんがな」

「うん。徹を産んで何ともないと確信したんやけど」

「その村には病気の人、おったんか」

「おれへん」

「ホレ見ィな」

「全部産まれた時殺してしまうんや。そやから、ホンマはわりとぎょうさん産まれたんや。みんなが恐がるのは、この不安でや」

「そやけど、お母ちゃんと同じような村の子、学校へも来てるで…」

「徹。明治維新って知ってるか」

「学校で習うたわ」

「明治になって、土佐藩が失《の》うなって、新しく高知県になってな、その時にお母ちゃんの村にも県の偉い人たちが来てな、もうとっくに源平の頃とちゃう。世の中近代日本に向こうとる。それも、この土佐の坂本竜馬らのお陰や。そう言うて、村の人数を調べてから外の村や人々とも交流せなあかん言われて、その通りにしたんやけど」

「今みたいな仕打ちにおうたんか」

「……」

「いつまで続くんやこんなこと」

「徹。お前、大きなったら東京や大阪に行き。ここへは帰って来んでもええ。それとお母ちゃんのことは人に話したらあかんよ」

「何でや」

「何でもや。お母ちゃんは死んだ事にしてしまい。この村の人間で、もう死んでしもたことに……な」

西条は何も答えなかった。ただ母の言う通りするのが、一番いい方法なのだと、子供心に理解できた。以降、母はその出生について西条にも語らなかった。

秋映えの夕陽が、大黒山をシルエットで浮かび上がらせる。茜色の中に黒い山影が影絵のように連なる。小学校からの帰り道、四万十川の支流の目黒川の川縁を歩くと土手にはススキや野菊が咲き出す。ススキの穂の向こうに、赤黄色のキャンバスに黒い山々が描かれているようだが、美しいという表現よりも、どことなく不吉さを感じさせていた。

夕陽が山の向こうへ落ちる前にと、西条は全力で家へ駆け出した。そのまま玄関に走り込もうとした時、村で一番尊大な態度の力也とぶつかりそうになった。父親よりも体格は大きく、いつも酒の匂いをさせている。この力也というオヤジが西条は嫌いだった。いつも母を見る目が卑らしいのだ。その力也がバツの悪そうに出て行った。

嫌な気がして、家の中に入ると、母はあわてて乱れた衣服を直した。泣いた後のような顔だ。西条を見ると作り笑いをして何もなかったように、

「徹、帰って来たんか。今、夕飯作るから、ちょっと待ってて」

家の中は違う匂いがしていた。今までの西条たちの家の匂いではない。酒の匂いと別の男の汗臭さが交じっている。西条は犯されたと感じた。この家が力也に犯されたと。しかし西条はそのことを口に出せなかった。悲しく弱い母がもっと悲しく弱くなるような気がしたからだ。

夕食の時、母はほとんど喋らなかった。いつもは学校の出来事を聞いたりしたのだが、その日は落ち込んだままだった。時々西条の方を窺っては作り笑いを見せていたが、その顔は痣が残っている。よく見ると二の腕当たりに強い力で押さえられたような跡が残っていた。手の甲にも爪で引っ掻かれたような跡があった。

「力也のオッサンにやられたんか」

母は黙って首を振って否定するが弱い。西条は、この時、力也に殺意を抱いた。その日の夜、宿題を口実に屋根裏部屋に籠った西条は、本宮力也の殺害計画を立てた。まともに向かっては、村一番の馬鹿力に簡単に叩きのめされる。背後か不意を突くか、どちらにしてもナタや斧では西条の力量では不可能と思えた。ランプを見ていた西条に浮かんだのは、本宮力也の家ごと燃やす計画だった。夜中に火をつければ。家族ごと殺せる。もし力也が逃げ遂せても、家が焼失してしまえば母に手を出している時間はない。その日に母とともにこの村から逃げ出すというものだ。寒くなると村の人出が少なくなる。西条はその日のために準備することにした。

秋が深まり、学校から帰る時間も早くなる。遊び仲間の吾郎も風邪をひき休校していた。吾郎と一緒の時は川沿いを遊びながら帰って来るので決まって五時を過ぎた。吾郎がいないその日は三時過ぎに家の近くまで戻っていた。ならいっそう早く帰って母の仕事を手伝おうと思った。

玄関に近づくと母の搾り出すような声が聞こえた。母が病気になったのかと走り込もうとした時、奥の居間が見えた。力也が母に馬乗りになっている。咄嗟に西条は柱の影に隠れ、その様子を盗み見る。

　母の表情は苦しそうだが、病気のそれではない。どこか恍惚感の伴うあえぎだった。まだ十歳の西条にも、その行為の意味するものが、うっすらと理解できた。

　母は拒絶していない、力也を迎え入れている。西条の体は震え出した。母もこの家もすべてが汚れた物に見えた。嫌悪と怒りで体の震えは大きくなるばかりだった。西条は音を立てずにその場を離れ、力也殺害のために用意した灯油を納屋に取りに行く。この家も、この村も、力也も、そして母親もなくなればいい。そう口走りながら灯油を先ず玄関と裏口に撒いた。その次に縁側に撒き、急いで玄関と裏口に火をつけた。二人はまだ火の手には気づいていない。行為に夢中だ。西条は縁側にも火をつけ、裏の壁にも火を放った。火の手は北西の風に煽られて一気に燃え上がった。西条は家の裏手の畑から山の中へ走り込んだ。山影の村を抜け、川沿いに出た。川の土手から、その火の手が確認できた。

　まだ昼の青さの残る冬支度の済んだ空の色に家の燃えている赤い火が美しかった。すべてを捨てた証拠の火だ。ただし西条の心にしか残らないだろうが、西条はその時初めて泣いた。母と家と父親の香りのするすべてを焼いて捨てた。涙は頬を伝わっている。拭くこともせず、四万十川の土手を下流へと走った。山から流れ出た急流が海へ急ぐように西条は走った。昭和十年十二月の初旬のことだった。


「深草さん！　深草さん！」

看護婦の呼ぶ声と肩を揺する声で西条は我に帰った。

「どうしました、気分でも悪いんですか」

看護婦は不思議そうな表情で西条を見る。

「え？」

「だって、窓の外の夕陽を見ながら、泣きそうな表情なさってるんですもの」

「いえ、あ…何でもありません。ありがとう。ちょっと昔を思い出しましてね」

「戦いの時のことですか」

二十歳そこそこの看護婦は丸い目をこちらに向けて聞く、何の罪もなさそうな美しい女性だ。深草は笑って、

「戦い…と言えば戦いです。ですが、大したことではないのであります。まことに気を遣ってくださり、ありがとう」

「深草さんは、ずっとその話し方なんですね」

「おかしいですか」

「いえ、今、流行のアジったような話し方より素敵です」

「ありがとう」

「来週には退院なさるんですね。やっぱり最初に秋田に帰られるんですか」

と部屋の片づけをしながら聞く。

「そうしようと思っております」

看護婦はまた、笑った。この時、西条は、深草のままでこの後の人生を生きる決心を固めた。

昭和四十八年十月　現在

こぢんまりしてしまった捜査本部のデスクで、権藤はもう一度資料を調べ直していた。自分の先走りが捜査方針に偏重を来したのではないか、先入観や勘が逆に本部を別の方へと導いてしまったのではないか。最近の権藤は反省を牛の反芻のように繰り返していたが、やはり落ち着くところは、深草が本ボシということになってしまう。ただ証拠がない。彼の体に火傷の跡でも残っていたなら…国立病院の健康診断のカルテを見ることができたら…しかし、帰還兵の健康診断ではそこまで診察しないかもしれない。彼の帰還した時の所持品に軍刀はあった。その軍刀を見ることができたら…いずれも国のＶＩＰという扱いの厚いベールの先のことだ。強引に調べでもしたら、英雄を犯罪者扱いしたと、マスコミや世間から袋叩きに会うことだけは間違いない。

脇田は他の事件の合間をぬってツテを頼りに国立病院の看護婦に面会に行った。非合法にカルテを見せて貰う為だ。これだって公になれば脇田の刑事生命も危うい。しかし脇田も深草が本ボシの確信のようなものを持ち始めている。

それにしても、と権藤は思う。山谷で突然、泡のように消えた二人の労働者はどこへ行ったのだろうか。山谷では突然人が消えて、突然現れるのは茶飯事だと言うが、ドヤ街の聞き込みでも、いい情報は得られなかった。大阪の西成の釜ヶ崎辺りに寄るかもしれないというが、権藤が、ビニール袋に入った玉鋼のかけらを摘んで見ていると、

「権藤さん、面会人です。厚生省の武村さんって方が」

と同僚が伝えてくれた。

「厚生省の武村？　知らんな」

権藤は首を傾げ、傷痍軍人の等級のことかもしれないと思いながら受付へ向かった。

受付にいた武村は若い、今時の青年だった。そう言えば見覚えがある。初対面ではなさそうだ。

「権藤ですが」

「武村です。その節はどうも…」

と丁寧に頭を下げる。悪い気がしないのは、ここが彼のテリトリーではないからか。

「ああ、あの時の…今日は等級のことですか」

と近づいて聞いた。

「いえ。でも、あの時は大変失礼しました。目上の人に対して生意気な応対しまして、しかし、何分、仕事でしたので」

「いや、いいんですよ。お互い宮仕えの身ですから、あなたの立場も分かります。で、今日は何か」

武村はあたりを気にするような様子に見えた。受付の警官は下を向いて仕事をしている。

権藤は何かを察して、

「向かいのビルの地下に喫茶店があります。お茶でも飲みますか」

と先に歩きだした。店は同じ署員も利用するが、距離を保てる一番奥まった席へ案内した。武村の様子から内々の話のようだ。権藤が先に座った。

「この席はね、穴場なんですよ。ホラ、署長や課長が入ってきても気づかれないでしょ。だから挨拶しなくてもいいんです」

権藤はうれしそうに笑って言う。武村も緊張が解けたようだった。

「で、ご用件は?」

「ええ」

武村は声のトーンを落とす。

「権藤さんは、例の大久保の殺人事件の担当でしたよね」

「ええ、そうです」

「あの人、日本刀のようなもので刺されてたと新聞で読みました」

権藤は日本刀の情報でもくれるのかと思った。

「ええ、その通りです」

ここで武村は一瞬、間を置いた。そして何やら意を決するように、

「権藤さん、秋田へ行きましたね」

「君ィ。どうしてそれを」

武村は口に指を当ててから、

「実は僕も行って来たんです」

「どうして厚生省の君が」

「ええ、厚生省は深草栄一郎を帰還兵として認めています。厚生省はね」

「じゃ」

「ハイ。僕はずっと疑問を持っています。権藤さんと同じです」

「いや、あの…」

「大丈夫です。これは僕個人の調査で、僕個人の意見ですから」

「君個人の…」

「ええ、僕は今回の深草の補償額の査定をやらされてましてね。彼の軍歴を彼の発表の裏付けをとるために調べたんです」

権藤は武村の話に興味を持った。

「これを見てください」

と武村は資料を見せながら話す。

「昭和十九年の十二月に彼はフィリピンに渡ったと言っています」

「それが何か」

「はい、十二月には、もうレイテ沖海戦で日本海軍は負けていましてね、あの海域はアメリカ軍の下にあったんです」

「じゃ、フィリピンに渡るのは不可能だったわけですか」

「百パーセントじゃないですけど」

「しかし、これが深草栄一郎の軍歴ですよね」

「そうです。生きて帰って来た英霊本人の」

「じゃ、信じるしかないだろうね」

「信じますか？　権藤さん」

「いや、しかし…」

「もしですよ。もし、誰かが深草の経歴を充分調べもしないで、誰も細かいことを指摘しないと思っていい加減に捏造したとしたら…」

「おい！　武村君と言ったね。それは間違いないのか？」

「もちろん、分かりません。ただ、僕の調査では中野学校出身者にも話を聞きましたが、今ひとつ納得できないんです。送られてきた書類上では辻褄が合うのですが、リオン峠の戦いから散り散りになって逃げた人たちもこのマリンドーケ島には誰も渡っていないんです」

「深草が見つかったのはマリンドーケ島と言うのか…」

「ええ、その島は戦略的に意味を持たないし、そんな所で残置諜報の仕事もないだろうし…」

権藤は黙ってしまった。武村の調査は重要だ。これは今後の捜査に大きな影響を与える。

「それに、変なんです」

「何が、まだ何かあるのかね」

「僕は、色々な帰還兵の方々や傷痍軍人の方と逢って来ました。それにしては今回の発見劇は奇妙なんです。作為と言うか、何か自然でなく。つまり演出のようなものを感じるんです」

「それは私も感じた。隠れていた日本兵の現れ方じゃないような気がする…」

「現れ方もですが。そのプロセスもなんです。空白が長すぎるんです。そして突然…」

武村はそこでおどけた顔を作って続けた。

「ぱんぱかぱーんと現れた。これは今までにないんです」

権藤の頭の中は目まぐるしく回り出した、一定方向に向いているのではなく、支離滅裂に回り出していた。

「状況だな…あくまでも状況証拠なんだよ。確証が欲しいな…」

と頭をかきむしって口惜しがった。

「こういうのを状況と言うんですか」

「そうなんだ。心証が真っ黒でも状況では何もできないんだ」

「そうですか…」

武村は残念そうにつぶやく。二人はしばらく黙って冷えたコーヒーを飲んでいた。

「小坂町役場に行ってきました」

「うん、私も行った」

「ええ、知ってます。権藤さんの一年くらい前に斎藤さんという人も行っています」

「何だって！」

「その方、刑事さんですか」

「バカ！　いや失礼。殺された男だよ多分。君！　その話、本当だね」

「ええ。その時、森田巡査も一緒にいたんで知ってます」

「ああー森田の脳天気男！　いや、そんなことより君の今の話、例えば捜査本部でも証言できるかい。後で厚生省でお叱りを受けるかもしれないが」

「もうお叱り受けるようなことやってますよ」

権藤はうれしそうに武村に握手を求める。

「しかし、まだ弱いんだよね。これじゃ深草は引っ張れない」

権藤はポケットに入れて来てしまったビニール袋を取りだした。そしてそのビニール袋を見つめることなく、視線を遠くに向けて考えていた。

武村は、そのビニール袋が気になって、

「何ですか、その袋は…」

「あっ、これね。大切な証拠品なんだが、机の上で見直していたところに君が来たんで、つい持ち出してしまったらしい。何だか分かるかね」

と武村の前に置く。武村は用心深くビニール袋を摘み上げて見ている。

「金属の小さなかけらのようですね」

「玉鋼と言ってね、刀の刃こぼれの一部だよ。これが斎藤の体の中に残っていた」

「じゃ凶器は？　やはり日本刀ですか」

「いや、どうも軍刀らしいんだな。しかし深草が所属していた周辺の軍刀ではないらしい」

「後で調達したとすれば」

「え、何だって」

「何も陸軍周辺になくても、もしあの深草が別の赤の他人だとしたら、持っている刀は後で古道具屋で買って来たものでいいわけですよね」

「君ね、のんびりそんなこと言ってるけど、今の君の意見は大変な意見だよ」

武村は笑いながら
「意見は単なる意見ですから。権藤さん。僕が思うには、このかけらの元の刀ですけど、どこから出て誰の手元に今あるかはあまり関係ないと思いませんか」

「いや、しかし…」

「ちょっと待って下さい。僕の言うことを聞いてください。要は、このかけらが犯人の持っている刀と一致すればいいわけでしょう」

「だからと言って、深草の持っている刀を押収するわけには行かない」

「盗むのは、どうでしょう」

「アホか君は、私たちは警察官だよ。その盗みを取り締まるのが仕事だ」

二人は、突拍子もない危ない会話に笑い出していた。だが武村の表情は真剣になっている。

「ホントに盗んじゃいけませんか」

「やめなさい」

「権藤さんがこの話、聞かなけりゃいいわけで、まったく知らなけりゃ問題にならない」

「危ないよ。危険過ぎるよ。色んな意味で…」

「これからは僕の独り言ですから、権藤さんには関係ないですよ。ある時ね。深草に傾倒している若い男が、どうしても深草に近づきたくなった。しかし生きた英霊に近づけない。仕方なくその若者は深草が身に付けていた物が欲しくなった。それでついつい一番軍人として大切な軍刀を盗んでしまった。それを所持している時の態度がおかしいので不審尋問に引っかかり警察に捕まり、警察は被害者に返そうとするが、その前に一人の老刑事に渡り鑑識に送られて重大な発見をする。それっていい物語だなー」

権藤はポカンとして武村を眺めている。

「どうです。おもしろい話でしょ。でもこういうことって本当に起こるんですよ」

「君は…。あのね武村君」

「僕の独り言。誇大妄想の話はここまでです」

「役人になるだけあって頭がいいね。あっ、いやこれも独り言。ブツブツ言う老刑事のほんのブツブツだよ」

「盗みより殺人の方が罪は重いですよね」

「当たり前だよ」

「もし、ですよ。その盗みのお陰で大きな犯罪が暴かれたら、その盗みも良いことですよね」

「大きな罪が暴かれたらね」

武村は自信あり気に頷いて笑顔を見せた。

脇田が国立病院から帰って来た。権藤と武村は元の厚生省の担当役人と当事者という顔に戻った。

「権藤さん。やりましたよ。看護婦の…」

と言いかけて武村の存在に気づいて黙った。

「あっ、この人は大丈夫だよ。脇田君、厚生省の武村さん」

二人は挨拶を交わす。

「しかし、ヤマのことですから」

「この人はね、聞いてない振りも独り言も上手なんだ」

権藤と武村が笑う。深い意味が分からないが脇田も釣られて笑ってしまっていた。

「じゃ、看護婦の桜井美智の証言によりますと、深草の背中から腰にかけて火傷の跡は無いそうです」

「やっぱりな」

「例えケロイド状態が消えていても、それだけの火傷なら薄黒いシミが残るそうです。しかし、それも無いそうです。この事は証言してもいいと言っています。記録に残してもかまわないと言っています」

「よし、山谷の二人を徹底的に追おう」

権藤は立ち上がった。

「じゃ、私もこれで、独り言の件がありますから」

と武村も立ち上がる。

十一月の終わりに権藤を飛び上がらせるようなニュースが入って来た。深草がオーストラリアに移住するというのだ。

戦後三十年近く経っている日本の変貌が、未だ戦中の意識を持つ自分とは、ギャップがあり過ぎる。同じ再出発なら新天地を求めた方がいいと判断したと深草は言っている。

彼を急にその気にさせたのは身辺に何か起きたからに違いない。ひょっとすると、それは武村の例の独り言に関係あるのかもしれない。権藤は焦った。

署長室で権藤は署長と二人きりでいた。元の捜査本部の再徴集と逮捕令状の準備を促した。署長は珍しくキャリアではなく叩き上げの成功者だった。権藤の説明に耳を傾けてくれる。

「もう一つの決定的な証拠は、ホントに手に入るんだろうね」

「ええ、九割方大丈夫です。深草が今、この時期にオーストラリア行きを発表したのがすでにその現れです」

「例の山谷の住人の行方は…」

「ハイ。そちらの方に人員を割り当てて欲しいんです。山谷で何か拾えるはずです」

「分かった。その線で行こう。上がイッパイ邪魔しに出て来るな…」

と逆に闘志を燃やしているようだ。署長としてもこの手の犯罪は白黒ハッキリさせるべきだと踏んでいる。

「後のことは責任持つ。地検にもそれとなく報告しよう。連中の中にも我々のシンパがいるさ」

「ありがとうございます。周りを固めるだけ固めます」

権藤は一礼して署長室を出た。脇田に署長の許可が出たと告げ、二人は山谷に向かった。


山谷の屋台のオヤジを絞め上げて、最大限に吐かせて分かったことは、消えた労働者の名前だった。西条と松浦と本人たちは名乗っていたらしい。二人とも西の出身者のようだ。言葉に少しだけ訛りがあったと言う。

仕事でもドヤの生活でも、西条と名乗っている男の方に主導権があったと屋台のオヤジが言う。聞き出せるだけ聞いた情報はそれだけだった。

西条は無口で、どこか意志が強く頭も切れ、松浦は自我もなく、根っからの浮き草稼業らしい足場のしっかりしていない男だったようだ。

ただこの界隈には松浦のような男が一番多く西条はワケありのようだった…と。西条と松浦の身寄りはまったく聞いたこともないと屋台のオヤジが断言した。

権藤と脇田は、三角になった小さな公園のベンチで聞き込み捜査の整理をした。

「何とか西条か松浦の出身地でも分からないものかな」

「人生を捨てた連中ですからね。足のつく生活はしてないでしょうね」

「この二人と深草はまったく違うと言うしな…」

「斎藤の話から、もう一度洗い直してみるか…」

「三人が面識があったことは事実だし」

「それにしても、西条と松浦はどこに消えたんでしょうかね。外国へ行くにもパスポートなんて持ってないでしょうね」

「脇田君、パスポートなしで出国できる手段と、それに詳しい本庁の誰かに当たってみてくれるか。痕跡があるかもしれないぞ」

「分かりました。横浜、神戸にも当たってみます」

脇田は先に戻って行った。権藤はもう少しドヤの連中に話を聞いてみることにした。

西条と松浦の足取りは思わぬ所から判明した。浅草の質屋で松浦の名前を使って貴金属を質に入れようとした貨物船の甲板員が捕まった。甲板員には前科があったらしい。担当した浅草署から早稲田署に連絡が入り、若い高橋刑事らが取り調べに加わり、権藤に報告が入った。奇妙なことを吐いていると言うのである。二人の日本人をフィリピンに密航させたと。権藤も取り調べに急きょ立ち会った。

「で、その二人の日本人の所持品の質札の名前を使ったのか」

高橋が聞く。その甲板員は口が軽い。船乗りにこういう男がいるのか、権藤にとって意外だった。存在が軽いのだ。

「ええ、浅草で飲んで勢いで吉原に行こうとなって、金がないのに気づいたんです。その時、運んでやった日本人の所持品を拝借したのを思い出しましてね。時計と質札を見つけたんで、そのまま質屋に行ったんです。そこの常連だったんですね、あのオッサン、すぐ本人でないと見破られちまいました」

「その二人の人相は覚えているかね」

権藤が尋ねる。

「ええ、覚えています」

「この二人かね」

権藤がドヤの住人に聞いて作って貰った人相書きを見せる。

「あっ、こんな奴らでした」

「これとは違うか」

と今の深草の写真を見せる。

「違うな。そんなやつれていなかったね。髪も白くなかったし…その人の兄弟ですか」

「えっ、今、何て言った?」

「片方の、ほとんど喋らなかった男は、雰囲気が似ているようでもあるし…やっぱり違うな…」

「違うか」

「自信ねえな」

「分かった、もういい。で、その所持品だが…」

「奴ら捨てようとしていたんですよ…だから隙をみて抜き取ったんです金目の物だけ…」

「捨てようとしていた」

高橋が聞く。

「もったいないでしょうが。時計もセイコーの結構いい奴でしたし、まっ、時計以外は、そのままにしましたよ。あっ、」

「何だ」

「その物静かな男が持っていたお守りが、空の財布に入っていたんです」

「何！　それはどこにある！　言うんだ」

権藤は甲板員の首筋を摑んでいた。

「言いますよ！　離してください。部屋のどこかにあるはずですよ」

権藤は高橋に目で指示した。高橋は急いで出て行く。それ以上の収穫はこの男からはなかった。

手がかりになるお守り袋を手に入れたが、どこの神社の物か判明しない。神社庁に聞いても、だいたいどこも同じようだと言う。取り敢えず鑑識に回すことにした。

「これが、どこの神社のお守りか…分からないだろうな…こんな古い物」

と権藤が鑑識課の中でヒラヒラさせていた。

「ずいぶん古いですね」

鑑識課員が手にとっている。横で見ていた定年間近の老課員が、こともなげに言った。

「へぇー四国の札所のお守りですね」

「四国の札所？」

「ええ、巡礼で何ヶ所も回って歩く。ホラ八十八ヶ所巡りって知りませんか」

「お遍路さんのか？」

「そうです、そうです」

と手にとって、

「高知市内の真如寺か大乗寺か、どちらにしても高知市内ですよ。ほら、札書きもそうです。高知ですね。間違いない」

「神社じゃないのかね」

「いいえ、札所ですね」

「君、どうしてそんなこと分かるんだね」

老課員は恥ずかしそうに笑って、

「定年後、お遍路でもしてみるかと思ってね。去年の夏、回ってみたんです。もちろん、歩きじゃないですよ。今は、もっと観光化されてましてね、いや恥ずかしいな…」

「高知…か。高知出身の日本兵ね…」

「どうしました」

「いや、どうもありがとう、それだけ分かっただけでも大助かりだ」

権藤はその足で厚生省に向かった。武村は休暇中とのことだった。権藤は身分を名乗って、高知出身の第二次大戦の徴兵名簿が残っているか問い合わせた。復員兵の名簿でもかまわなかった。係は十センチ程のファイルを二冊持って来た。松山の師団名簿と復員者名簿だった。こういう物がきちんと保管されていることに驚きと感慨深いものを覚えた。自分の名前も大阪の師団名簿を調べれば残っているのだろうか。

そのファイルを目の前にして、心の古傷を他人から撫でまわされたような嫌な気分になった。閲覧はいいが、持ち出しは禁止らしい。気の遠くなるようなファイルの中の探索を始めた。

権藤が高知県出身の西条の名を見つけたのは夜も八時を過ぎた頃だった。

高知市内の造り酒屋の使用人だった西条は、孤児だった。徴兵される時に仮に養子ということで西条姓を名乗ったようだ。そして生死の不明者の中に入っていた。

当時の高知の住所等をメモし、権藤は厚生省を後にした。もし山谷の西条が、このファイルの中の西条であるなら、彼は戦後郷里に帰っていないことになる。正規復員したのであれば、不明者扱いになっていないはずだ。そして、もしも同一人物なら、彼の戦後は高知と縁を切っていることになる。

里心がつく年齢にもかかわらず、東京の片隅で一人暮らしを…それも人生を捨てたかのような一人暮らしをしていたということは、彼の心の中の出来事で、郷里を捨てさせるような体験が起きたのだろうか。権藤には何となく分かる。大の男が郷里を捨てて戦後は隠花植物のような存在になって大都会の片隅で暮らすということは、郷里を思い出すことも許さない。そして軍隊以前を抹消してしまうほどのトラウマになっている出来事が存在しているのだ。

この西条には、何かある。その何かが、あの今の深草の表情に現れている。権藤は、深草が西条であるという確信を抱いた。この国がたどってきた歴史が、今の彼を動かしているのだ。

三日後、待ち望んでいた武村からの連絡が入った。捜し物が見つかったとの伝言が入っていた。権藤と脇田は、武村が待ち遠しくて署の玄関をウロウロしていた。受付の女性警官や来署者が不審がる。武村がタクシーから降りると、まるで恋人にでも久し振りに逢うかのように走り寄った。三人はそのまま鑑識に走り込んで行った。

昭和四十八月十二月一日

捜査本部は、最終捜査報告の為に招集されている。そしてこの日の報告で、そのまま裁判所から逮捕令状を貰うことになっている。

元の十人が第一会議室に集まっていた。署長以下、課長も、そして本庁からも二人来ていて武村も参加している。一同はそんな武村を不思議な人物を見るように気にしていた。

「それでは新大久保ルポライター殺人事件の最終捜査報告会議を行う」

署長の声は、大事件に発展してしまった今回の事件の解決を見て、興奮気味だった。この後、マスコミに発表でもされると未曾有の大騒ぎが予想される。これから証拠改めをして確認できれば逮捕状がでる。今、世間の注目を集めている生きた英霊に対して発せられる逮捕状だ。この場の十人はすでにその事を言い含められていて緊張も頂点に達していた。

「権藤君、始めたまえ」

「ハイ。先ずこの会議に厚生省の武村さんの参加を仰いだことをお許し下さい。彼の証言と行動は後ほど彼本人からお話していただきます」

一同頷いている。武村の顔は紅潮している。脇田も今になってことの重大さに気づいたかのようにかしこまっている。

「中央に配しましたのは、今回の物証です。先ず凶器の軍刀です」

「手に入れたんだね」

署長が軍刀を見つめたまま聞く。

「ハイ。この軍刀の入手方法は非合法です」

「非合法?」

嫌みな課長がやはり真っ先に聞き咎めた。

「その点につきましては私が始末書を提出し、後日処罰を受ける覚悟であります」

署長が先を促す。

「時間がないんだろう。早く説明を…」

「ハイ、時間は、今夜の七時までが限度です。深草は今夜八時五十分発の便でオーストラリアに発ってしまいます」

「逮捕状が来るまで一時間は必要だ。早くしよう」

「ハイ。そのビニール袋に入っているのが、その軍刀からこぼれた玉鋼の一部です。そして、国立病院のカルテと看護婦の証言、皆さんの手元にコピーが届いています。そして深草の妹の証言書、厚生省のファイル、高知県西土佐郡津賀字宮之森の村人数人の証言書、深草こと西条の所持していた高知真如寺のお守り。ドヤに残っていた西条の指紋、そして今の深草の指紋、秋田小坂町役場の謄本に残っていた斎藤の指紋、斎藤と面識のあったおでん屋のオヤジの証言等々です」

「それでは、ひとつずつ検証しながら説明します」

権藤は、水を口に運んだ。

「先ず、この事件は推察も入りますが、このようにして起こったと考えます」

権藤の最終捜査報告内容 (1)

「昭和四十七年三月頃、今から一年半ほど前になりますが、被害者、斎藤義雄は、雑誌のルポの仕事をしている関係から、日本兵の発見を思いつきます。当然、売名と金が目的です。当時、一番マスコミ受けをし、探検ジャーナリストとしての自分の名前が売れる為には、ネス湖のネッシーの発見か、ヒマラヤの雪男の発見か、まだ残っている旧日本兵の発見かと彼は考えたようです」

「前の二つと後者は少し意味合いが違うんじゃないか」

一人の係官が言う。

「ハイ。ですから犯罪が起きてしまったんです。前二つの場合だと、ロマンのままですが、後者は歴史と人間が複雑に絡んでいます。しかも、日本兵発見で金儲けを企むと言うのは、甚だ遺憾であります。しかし彼の目のつけどころは間違っておりませんでした。一番仕組みやすいからです。

斎藤は彼なりによく下調べをし、今も日本兵が残っていておかしくない地域を選びました。日本からさほど遠くなく、しかも、まだ未開な場所が残っている所です。そうです、フィリピンです。フィリピンは大小何千もの島で形成された国です。日本人が渡ったこともないような島は無数にあります。その洞察はすばらしいと思います。フィリピンでは飢え死にもしないでしょう。雨露を防げば一生暮らせます。しかも大きな戦いがあった所です。そこで彼はフィリピンの戦死者、行方不明者の名簿を手に入れ、日本兵としてふさわしい、生きていてもおかしくない人物を捜す、いや捜すというより作り出したんです」

「深草栄一郎は彼の想像の人物かね」

署長が聞く。

「いえ想像ではありません。実在した人物です。ただし生死は不明です。中野学校から送られた残置諜報員の何十人かのうちの一人です。スパイ要員なので中野学校以前の軍歴は消されています。各軍の寄せ集めだそうです。このあたりは武村君から説明していただきます」

武村が立つ。

「武村さん。座ったままでいいですよ」

署長が気を使って言う。

「ハイ、ありがとうございます。厚生省の調査ではタイ、ビルマ、フィリピン、マレーシヤ等で残置諜報の任についた軍人は約二百人くらいだろうと見られています。見られていると表現したのは、その痕跡を消す努力を軍がしていたためです。その二百人の内百八十人位は生存が確認されています。タイの山岳地帯で現地人となっている人もいます。約二十名程が不明者です。その中に深草氏が入っていたかは、これも不明です。なぜなら深草氏はレイテ島のリオン峠で戦死したことになっているからです。戦死報告書では、そうなっているのですが、敗走した日本軍はセブ島に八百名ほど逃げ込んでいます。その中に深草という人はいなかったので…こういう結論になったのだと思いますが…、殺された斎藤氏はこの資料に目をつけたのだと思います」

「その資料は、誰にも簡単に読める物なのかね」

若いキャリアの課長が聞く。本筋からは、どうでもいいことをチェックするのが、この人の仕事だ。

「ハイ、厚生省に残っている戦死者報告書は誰でも見ることができます。しかし、斎藤氏の場合、もっと別のルートから手に入れたと思います。親戚筋の戦争談とか、そんなものではないでしょうか。その裏づけのために一応、彼は小坂町の役場の謄本を取りに行っているようです」

一同は斎藤の用意周到さに感心している。

「で、その斎藤が、どうして西条たちと知り合えたんだね」

老刑事が聞いてきた。権藤が続ける。

「それは偶然だったと思います。山谷の屋台のオヤジの証言から斎藤が網をかけたわけでもなさそうです。彼はルポで食えなくなると、時たま山谷でシノギをやっていたみたいです。ただ彼の心の中ではいつもその計画があったんでしょう。それを行動に移せなかったのは、そんな都合のいい人材が見つからなかったんです」

「そんな時、西条と松浦に偶然出会った…ですか」

若い高橋が言う。

「山谷に出入りしてたのも、シノギだけではなく無意識に獲物を捜していたんでしょう。日雇い労務者の多くは過去がありませんから、いずれ何かを企んでやろうと…運良く、いや運悪くとでも言うんでしょうかね」

一同に小さな笑いが起こる。

「斎藤はこの二人に知り合い、話の内容から二人とも戦後、郷里を捨てたと知ります。もちろん、緻密な計算の必要な計画です。この二人の素性を隈無く調べないとパァーになります、彼は何ヶ月もかけ、西条と松浦と懇意になり、彼らには戦後の人生がまったくないことに気づき始めます。復員して、闇市で犯罪を犯し、山谷で世捨て人になって目立たないように心がけて二十五年間も住みついている。斎藤の計画に打ってつけの二人です。彼らが山谷から姿を消しても世間は疑問にも思わないでしょう」

権藤は再び水を飲んだ。地検に送る書類の速記を書く音がする。

「世捨て人二人は、斎藤の計画に簡単に乗るかね」

課長が疑わしそうに口を挟む。

「ハッキリ言って簡単には乗りません。斎藤は何ヶ月もかけて説得しているようです。特に松浦は軽薄ですが、西条は口数の少ない慎重な男のようです。頭も切れるようですから、なかなか首を縦に振らなかったでしょう。それに欲もありませんから」

「じゃ、どうやって説得したんだね」

署長はまるで物語の先を急かせるような目つきだった。

「国の謝罪と国民の意識の改革と人生のやり直し、この三点かと思われます」

「国の謝罪だと？　誰に対する？」

課長は二十九歳のキャリアの気持ちのままで吠えた。

「署長も吉本さんも軍隊経験がおありだから分かると思います。この三点を目の前にぶら下げられたら動揺しますね」

二人は同時に頷いた。

「それと、西条個人の歴史です。宿命という奴ですか…それは後の松浦、斎藤殺しの引き金にもなっています」

「西条の歴史?」

誰かがつぶやく。

「ハイ、歴史が産み出した罪です」

誰もが黙って重い沈黙が流れた。

午後になっても権藤の報告は続く。西条の動機の部分になってきている。

「松山師団のファイルのコピーが皆さんの前にあります。赤線を引いた個所が西条の徴兵された時の住所になっておりますが、西条は西条ではありません」

「何だって!!」

署長が驚く。他の一同も騒《ざわ》ついている。

「昨日、一昨日と四国へ行って確認をとってきました。西条が十一歳から丁稚奉公をした造り酒屋は今も残っており、そこの家主の名が西条でした。自分で天涯孤独の身と言っていた西条を養子にし戦地に送り出したわけです」

一同の質問の前に権藤は続ける。

「証拠品として提出してありますお守りですが、そのお守りは、西条が同郷の女性から貰った物のようです。寺の住職が彼らと同世代でして、まだ小僧の頃のその出来事をはっきり覚えていました」

「このお守りのことをかね」

「いえ、お守り中心の話ではなく、造り酒屋の丁稚、西条と小間物屋の女店員のことです。二人は時々その寺で逢引、いや古い言い方ですね。住職の言葉をそのまま借ります。逢引をしていたようです。当時、小僧だった住職は同世代なので、どこか気安く話しかけたのでしょう。女性は西土佐郡津賀の近くの村の出身者です。住職にそう言ったということです」

「よくそんな昔のことを覚えていたね」

「ハイ、その女性は現在、住職の奥さんです」

一同は、へぇーっと感嘆している。

「奥さんに聞いて津賀の近くの村まで行ってきました」

権藤は机の上のお守りを手にとってみた。それからの話は、やや辛そうだ。

「西条は本名、切原徹といいます。深草が西条で西条は切原です。ですから逮捕状は切原徹、本籍地も高知県西土佐郡津賀字○○ということになります」

速記者は急いで書き込んでいる。

「切原の両親は死んでいました。死んだのは昭和十年のことです。家は失火で全焼です。あっ、いや失火ではなく放火です」

「放火?」

誰かが聞いた。若い課長かもしれなかった。

「で、その放火で両親とも死んだのかね」

「いえ…」

権藤は口が重くなっている。いくら戦前の古い日本の田舎の出来事だといっても、権藤の育った環境もさほど変わりなく、古い田舎の人間関係は今でも思い出したくない。

「放火の犯人は切原徹と言われています。彼の死体がそこには無かったし、その日から彼の姿が消えたからです」

「手配は?」

「村の恥のような事件ですから隠蔽されたのでしょう…」

肝心のことを喋り出すまで一分ほどの間があった。会議室内に重い沈黙が澱む。

「…その時、死体で発見されたのは母親と村の住人、本宮力也でした」

「父親は？」

「ハイ…その二ヶ月前に心臓発作で死んでいます」

「たった二ヶ月後に、もう他の男と…」

「私はそう思っていません。もしそれほど尻の軽い母親だったら却って殺さなかったでしょう…。この切原一家は村八分に逢っていました。今では死語のような言葉ですが、当時を知る人たちから聞いた話です」

「切原の父親は犯罪でも犯したのかね」

「犯罪と言えば犯罪かもしれません。村の掟を破ったわけですから」

「何だい、そりゃ」

「四十年前の日本の片田舎、高知市内から列車、バスを乗り継いで丸一日かかる、愛媛県との境に近い小さな村です。まだまだいろいろな風習が残っていたはずです。今は無くなっている悪しき風習です。切原の父は、村の反対を押し切って結婚したんです。そうです、村八分の原因は切原の母親、郁子の出生地にあります」

　会議室の空気は重くなり過ぎていた。怒りの目もあれば悲しそうな目もあった。武村は怒りの目をしていた。

「郁子は、平家の落人の村の出身者でした…」

「話には聞いたことがありますが、落人の村って本当にあったんですか」

東北出身者の脇田らしく純粋な問いかけだった。

「あったんだよ脇田君、維新の廃藩置県の時に新しく市民に組み込まれてね。何もかも平等という建て前になったんだが。根強い差別が残ったらしい」

「どうしてですか」

「長い間の血族結婚のせいで、体の奇形や精神障害が出やすくなっていたんだ」

「しかし切原徹の母親は正常だったんでしょ」

「もちろん、親子とも正常だよ。これは何というか、人間のもっとも情けない感情でして」

権藤は脇田から全員に向かって話し出す。

「生理的な差別です。徹の遊び仲間だった大谷吾郎は今も健在でした。彼の話によると、徹は母親の郁子ほど差別は受けなかったようです。運動神経が、そこいらの子供より群を抜いていたのと、学力が相当あったことかららしいんです。それでも時折、村の有力者の息子たちが、半分は嫉妬心で仲間外れにしていたそうです。差別の裏側には、母、郁子の類まれな美しさがあったことも起因しているかと思います」

「美し過ぎても駄目なのか…」

捜査員の一人の呟きが聞こえる。

「色が白く、目を見張る程の美貌も血族結婚の弊害の一つと言われ続けてきましたから」

再び重い沈黙が会議室を支配した。権藤は先を急いだ。

「そんな村の仕打ちにもめげず、切原一家は幸せに生活していたようです。村の白い眼さえ気にしなければ、みんなから物理的にも精神的にも離れていれば、かえって干渉されずに済んだようです。この一家に不幸が襲ったのは結婚して十年目です。父親が突然死した後、秋口になって徹が無口になったと大谷吾郎は述べています。目つきが変わったと…想像しますに以前から母、郁子の美しさに目をつけていた本宮力也は、郁子を強姦したのではないかということです。徹の力也を見る目は異常だったと言います。

そして問題の日、家の焼け跡から重なるようにして力也と、母、郁子の焼死体が発見されました。この事実は隠されていました。大谷吾郎や当時まだ子供だった村人が噂話として語ってくれました。事実、その日から徹の姿は村から消えました。当時の資料では、この徹も焼死したことにしてあります。大谷吾郎の供述では、徹が放火し、母も家も力也も丸ごと焼いたに違いないということです。

力也に力づくであっても組み敷かれた母は、徹にとって汚い汚物のように写ったのでしょう。徹は、この時、村と家と家族を焼いて捨てたのです。母の出生の秘密も放火した事実もすべて捨て去ることが彼の動機の一つです」

「ひとつ？」

署長が聞き返した。

「ええ、一つです。復員した彼は西条です。誰も彼が切原徹だと知りません。ですから復員後の彼の人生、隠花植物のような人生、その人生をやり直す。ビルマ戦線から餓死寸前で生きて帰って来た彼を待ち受けていたのは、やはり不幸な人生です。彼には運というものが、一度もいい方向へ転んだことがなかったのではないかと想像するのです」

「じゃぁ、三十年間の人生を取り戻すのが二つ目の動機かね」

「…断言できませんが…」

最終捜査報告内容（2）

　そこまでの権藤の報告を聞いて理解できるグループと、まったくトンチンカンだというような顔をするグループとに分かれていた。脇田や武村たち、若い戦後教育を受けた者たちは、人間のそこまでの業というか、重みというか、そんな物は存在しないと思っている。犯罪はもっと短絡的な、金とか女とか憎しみで起こるものと思っている。一方、権藤たち、戦争経験者は、やるせなさを感じて仕方がないという表情だった。彼らは、戦争というものも人間の業のなせる最大の罪だと思っている。戦争で何もかもが無になったはずなのに、元あったところに元のように戻そうという力が働いていることを知っている。上は上、下は下という構図を作らないと日本という国は安定が悪い。そういう考えが日本人の奥底には存在するのだというやるせなさを感じていた。

　アメリカが押しつけてくれた民主主義は、すぐに日本風に変えてしまって、やがて元に戻してしまう。脈々と続く日本史、いや日本人史とも言うべきか。戦後の数十年はその中のホンのひと時でしかないんじゃないかと…そんな不安が権藤たちにはある。だから今回の深草の登場、そしてその犯罪は、どこか憎みきれないでいた。

「彼の戦後の生活は大体想像できるものですが、詳しくは彼の供述を待つことにします。決定的な物証の軍刀ですが、これは武村君が盗んだものです」

「盗んだぁッ」

やはり課長が怒りを交えた甲高い声をあげた。

「今、武村君から説明があります。ただし彼にそう仕向けたのは私ですから、私の責任にして下さい」

権藤はそれだけきつく言うと座った。武村が続いて立ち上がる。

「この件は私の提案でして…」

「私が、私が…なんて浪花節の続きはいいから早く説明して下さい」

言葉は丁寧だが、この偉そうなキャリア課長！　何とかならないのかと脇田は思う。入庁して四、五年で警視になるのはやっぱり人格形成上おかしいと思う。どういう頭脳構造を持ったら、あれだけ尊大になれるのか。世間知らずは最後に世間に溺れると言うのだが…。脇田だけでなく一同も同じ気持ちを持ったらしく署長が助け船を出した。

「武村さん失礼しました。続けて下さい」

「いいえ、大丈夫です。深草栄一郎、いえ切原徹ですね。ここでは深草で通させて下さい。

深草は今年の四月半ば、国立病院を退院した後、すぐには郷里の秋田小坂町には帰っていません。三十年ぶりの日本ということで日本を隈無く見て回りたい。それもサーッと観光のようにするのではなく、日本の田舎の人々と触れ合いたい、日本の光景をもう一度この目で確認したいから…と、あくまでコメントのような形で発表しました。そのコメントに人々は感激したんですが、彼には計算があったのでしょう。郷里に凱旋パレードのようなことをしたら、どこで深草栄一郎のことを知る人間に疑問を投げかけられるかもしれない。そう計算したんだと思います。彼は自分の行方を…それ以降、彼からの一方的なコメントとして送るだけにしたんです。確かに彼は隈無く日本国中回っていたようです。九州の熊本や出雲、長野や中国地方にも足を伸ばしました。今にして思えば訪れた土地は共通したところがあります」

「共通?」

権藤が聞く。

「ハイ、全部では無いかもしれませんが、ほとんどのところは平家落人伝説のあるところです」

一同のため息が聞こえた。

「彼はその目で確認しに行ってたんでしょうね。私たちは彼が日本の土を自分の足で踏んで感慨にふけっていると解釈していましたが、一週間前、彼は上山田温泉の新井旅館に投宿していました。投宿と言っても旅館タイプの方ではなく湯治客用の建物です」

武村はここで一息ついて水を飲んだ。

「自炊し、湯に浸かり…と、そんな宿です。私も湯治客に化けて同じ宿に泊まりだしたんです。湯治客の老人や怪我の治療の人が多いんです。それに何故か善人ばかりなんですから深草は安心して泊まれたんでしょう。誰も他人の物を盗んだりしません」

武村が笑うと全員ほっとしたように笑った。

「湯治というのは盗人には便利です。なぜなら一日に何回も湯に浸かりに行くため、部屋を留守にします。私は深草の湯治の行動パターンを調べるため、三日くらいは湯治客になりきりました。彼も日に四回は入浴していることが分かり、一番長いのが午後二時から二十五分ほどの入浴でした」

「二十五分で長いのかね」

「ええ、私も知りませんでしたが、湯治は五分、十分、十五分くらいの入浴を日に何回も繰り返すそうです。その短い時間の間も入れて七回くらい、彼の部屋に入りました」

「そんなに入ったら怪しまれるだろう」

「逆です。彼の部屋の近くにいつも私がいることをアピールする必要があります。当然、何かあったら私が疑われますが、何かあるまではまったく疑われません」

会議室の全員が、警察官としての仕事柄つい感心していた。

「四日目に実行しました。別の軍刀にタオルを何枚もかけて…そうです、あたかもタオルを干す所を捜しているように装って人目の無い時に彼の部屋に入りました。軍刀は無造作に立てかけてありました。盗みが、こんなに簡単だとは思ってもいませんでした」

署長は失笑していた。課長は笑う余裕も無く怒りの目を武村に向けている。

「私の持っていた軍刀を立てかけて、深草の軍刀にタオルをかけて同じように廊下をウロウロしたまま、私はその宿を去りました。松本まで出て二、三日様子を見ようと思っていると深草はその日の内にコメントを出しました。新天地を求めてオーストラリアへ移住すると…後は時間の競争になります。彼は軍刀がスリ替えられた事に気がついたんです」

武村はここで時間を気にして腕時計を見た。全員がつられて自分たちの腕時計を見た。すでに夕刻近い、外は暗くなりかけている。会議室の窓から宵の明星が輝いているのが見える。

「三日前、東京に戻り鑑識に見てもらって今日ここに刀があります。この軍刀には深草の指紋もついています。以上がこの軍刀の入手方法です」

そこまで言って武村は着席した。パチパチと脇田たちの拍手が起こった、つられて課長を残し全員が拍手を送った。


最終の捜査会議が終わって三十分経つ。すでに午後六時を過ぎ、七時までに令状をとらないと八時五十分の便に間に合わない。少なくとも八時三十分までに出発ロビーに着いていなければならない。権藤と脇田、武村もいる。高橋たち後続部隊も待機している。

早稲田署の捜査一課の簡易応接セットに権藤たちは座っていた。

「しかし、西条……じゃなかった、切原はどうして、あんなに風貌が変わったんでしょう」

と武村。

「マリンドーケ島で本当に食料に困り、戦闘状態に陥って…人間、生死をかけて、いつ死ぬか分からない緊張と恐怖に晒されると…若けりゃまだ無理がきくだろうが、一瞬で髪が真っ白になることもあるらしい」

権藤は答えた。

「過去に戦争の経験があってもですか」

今度は脇田の問いだった。彼等は戦争のセの字も知らない。

「人が人を殺す時の形相って見たことないだろ」

「ええ、犯罪を起こした後の犯人の顔しか知りません」

「凶悪犯の顔はまだまだ生温《なまぬる》い、日常的に人を殺す状況が戦争だ。その時の兵隊の顔は、どこもふっくらしていない。頬はこけていて目が大きく開かれて澄んでいる。西条…いや、切原は今その状況に近い。マリンドーケ島の何ヶ月間で彼は戦時下の精神状態に戻ったと俺は思う。もちろん、顔も変わるが印象が別人のようになる」

武村と脇田はお互いの顔を見ている。

「権藤さんは切原が深草になり切ろうとした気持ち分かりますか」

脇田がまた、聞く。

「分かる。アイツは深草以上に深草だ…」

権藤はしばらく黙って証拠のお守りを見つめている。

「人生って何だろうね」

と呟き続けた。

「彼は人生の最期の終わり方が気に入らなかったのかもしれないな…。二十九年間を取り返すとか、国や戦争を起こした偽善者へのメッセージなんかではなく、戦友がビルマで死んで行き、父と母は、ある意味で人生という戦場で短く散って行った。あのまま山谷にいて老醜を晒して死んで行くより、旧日本兵として死んで行きたかったんじゃないかな。考えてみると彼の一生は何も残していない。野の雑草よりも存在感が薄く。まっ、それで納得していたようなところもあったんだろうけど、機会が無かっただけで斎藤が持ち込んだこの話は彼にとって人生初めてのスポットライトを受けた花舞台だったのかもしれない。たとえ途中で銃撃戦で死んでも、そこに興奮があって生きるエネルギーがある」

武村と脇田は聞いている。戦争で人生をポキっと真ん中で折られた経験の無い彼等には、権藤の話の内容など漠然としか理解できないに違いない。

「権藤さんは切原を捕まえたくないんでしょうね」

脇田がポツリと言った。

「軍刀と玉鋼は、同じ物だと分かった時、謎解きのゲームの上では嬉しかった。ところが犯罪として彼を捕まえようという段になって、どうして一致したんだと悔やむ気持ちも起きてくる。彼の辿った人生やその後の不運さから、このまま生きた英霊で終わらせてやりたい。それが正直な気持ちだ。彼は何で、あのぬかるみとヒルと雨のビルマから生きて帰って来てしまったんだろう」

権藤は冷たくなった茶をすすった。

逮捕令状は十九時二十分に届いた。権藤たちはパトカーのサイレンを最初から鳴らしっぱなしで羽田に向かった。

第一陣が羽田に向かって十分後、署長室の電話が鳴った。署長の顔は、初め赤くなり、その後青くなった。

「分かりました」

それだけ言うと受話器を置き、残っている課員に証拠品の破棄を命じた。権藤たちは署長室にどこからか電話のあったことを知らない。

羽田の出発ロビーは閑散としていた。この時期はまだ年末年始のピークにはほど遠い。中央に小さな人垣ができていた。それが深草の見送りの人たちだろう…と言っても、元の深草自身が天涯孤独のような存在だ。友人や親戚の姿はほとんど見当たらない。今後の仕事の後援者である雑誌関係者や病院関係者、政府の関係の人たちに見送られている。

権藤と脇田らは、深草こと切原に向かう。数十メートルに近づき切原の表情が見てとれたようだ。彼はいま、深草のままで日本を去ろうとしている。そして確実に去れると思っているいた。その時、権藤は逮捕状を出した。脇田は手錠を準備する。切原に後五メートルほどに近づいた。その時、濃紺のスーツを着た集団が、権藤たちの前に割って入った。人数は十人以上いる。

暴力団や右翼集団でもない。武村や嫌みな課長に近い風貌だ。

「何だね。君たちは」

「早稲田署の権藤さんですね」

と身分証明書を見せる。政府関係の証だ。

「彼の逮捕はできません」

「何を言ってるんだ君は!」

脇田が気色ばんだ。

「逮捕状をいただきます」

と取り上げようとする。

「納得すれば渡します」

「いいでしょう。これは法務大臣と総理大臣の許可を貰っています。彼は日本政府の要人です。深草栄一郎は政府要人としてオーストラリアに向かいます」

権藤の指示で脇田は近くの公衆電話に走る。

「そうです。彼は生きた英霊です。日本の英雄です。権藤さん分かってくれますね」

権藤は弱い笑いを返した。しかし、その顔は残念そうでもない。むしろ辛い任を解かれてホッとしている。

「彼は切原徹ではないということですね」

「ええ、彼は深草栄一郎です」

「分かりました。もう用は無いでしょう。どうぞ」

と渡した逮捕状は、その場で破かれた。

走って帰って来た脇田も権藤に向かって首を横に振った。唖然と立ち尽くす脇田等の前で、深草はロビーからゲートの中へ吸い込まれていった。

空港ビルの屋上に権藤と脇田、そして武村がいた。

三人の目の前でジェット旅客機は飛び立って行った。爆音だけを残して。

「英霊だもんな…」

「英雄ですものね」

「生きた英霊ですもんね」

権藤は切原徹の気持ちになっていた。彼は深草栄一郎で人生を終わればいい、政府のやったことは別の意味でのことだろうが、権藤にとっても三十年前に傷痍のある生きて戻った日本兵にとっても良いことなのだと思った。

「生きた英霊…か…」

権藤の声は到着しようとしているジェット旅客機の音に掻き消された。

エピローグ

昭和四十九年三月、フィリピンのルパング島で日本兵が発見された。彼は戦後二十九年間、残置諜報を任として戦い続けた日本陸軍の少尉だった。この日本兵は真に二十九年戦い続けた。

著者プロフィール

源　高志（みなもと たかし）

1948年生まれ、大阪府出身。放送作家。

ドラマ、ドキュメンタリーはもとより、バラエティーに至るまで、携わった番組は数限りない。

『深夜特急』のテレビ化企画構成、NHK『京都狂言紀行』テキスト著作等、現在にいたる。

傷痍《しょうい》　仕組まれた日本兵

2002年1月15日　初版第1刷発行

著　者　源 高 志
発行者　瓜谷 綱延
発行所　株式会社 文芸社
〒112-0004　東京都文京区後楽2-23-12
電話　03-3814-1177（代表）
03-3814-2455（営業）
振替　00190-8-728265
印刷所　図書印刷株式会社

ISBN4-8355-3156-6 C0093